你我之间半透明

私のそばにいてほしい

辜妤洁 / 著

长江出版社

目录 Contents

很多时候，我只是好想好想要个拥抱。只要一个拥抱，就能获得力量。

就像拥抱
一只小狗

世界上有六十亿人，
我恰好遇见你，喜欢你，
而你也一样，等同于奇迹。

你我之间半透明

进入夏天后，我爱上了散步。

有时空着手，有时拎一袋垃圾，从 14 楼的楼梯口出发，路过便利店，绕潮风公园一圈，经过台场车站，经过自由女神像，沿着海滩一直走到台场海滨公园。我常常穿梭于众多情侣之中，寻找一小块空的地方坐下来，就这样吹着海风望着远处的彩虹桥和东京塔待上一两个小时，将满腹心事在东京湾的潮水中稀释。

在我以为整个夏天都会这样流水线似的过去时，我遇见了他。

他出现在一个普通的周一夜晚。

空气里弥漫着潮湿和黏热，亲昵的情侣和举杯欢笑的人群让我只想躲得远远的。走了很久才找到一块被大树遮挡了路灯光线的空位，我吹开木板上的沙子坐下来。也不知道这样过了多久，昏昏欲睡时被他的声音拉了回来。

"kon ni chi ha（你好）。"

我循着声音望去，只见他站在我左边的沙滩上，被不均匀的夜色笼罩着。他看起来很年轻，戴着眼镜，身上穿着简单的 T 恤。他居高临下

就像拥抱一只小狗

地注视着我，脸上是温和而羞涩的笑容。当时的他是哪里吸引了我呢，或许是温柔的声音，或许是平和淡泊的气息，事到如今我也说不上来。

"有什么事吗？"我用日语问他。

他愣了一下，用英语解释他是韩国人，不会讲日语。他窘迫的样子温暖无害，所以当他小心翼翼地问我是否可以在旁边坐下时，我点点头，并且告诉他我其实是中国人。

在遇到他之前，我也曾有过被人搭讪的经历，每次都是在对方邀约之前迅速逃走。我日语还不熟练，但也不喜欢讲英语，总为口语很烂而狼狈不已。那天晚上却鬼使神差地和他聊了很久，甚至交换了 Line ID。大概是因为我磕磕巴巴不知道某个单词甚至用错语法时，他也能迅速明白我想说什么。

即使如此，当他指着对面的小岛说想去那边散步时，我还是拒绝了，起身说我该回家了。他知道我有防备，坚持送我去车站，理由是这么晚让女孩一个人回家不礼貌。

我们沿着海滨公园往回走，中间保持着一步的距离。我问他刚才为什么会跟我说话。他腼腆地解释："其实我看了你很久，猜想那个女孩为什么一个人落寞地坐在那里呢，觉得如果不上前和你说话会很后悔。我不喜欢后悔。"

"我在思考问题。"

"啊，这样。"他又窘迫起来，"那打扰你了，对不起。"

"没关系。"

他按约定好的在车站前止步，我继续往住处方向走。在路口等红绿灯时，下意识地回头，我看不清依旧站在原地目送我的他是什么表情，只看到他再次挥手道别。

你我之间半透明

那一瞬间，我心间松松软软地落下了一块。

东京是个让人说不出话的城市。

怎么形容才好呢？像规格标准的盒子，一丝不苟，鲜少出错，真诚的笑容和天空的蓝一样美好得像谎言。因为面积小，一切都紧紧相连，人们宛如蚂蚁，小心翼翼地往那些盒子里搬运面包碎屑。

东京让你看到自己，也看到人与人之间的界限。这里的阳光涣散，也许你会感到落寞却没有致命伤，不温不火，不痛不痒，即使发觉自己渺小无用也能心安理得地继续生活。她尊重你却永远不会挽留你，安慰你却永远不会拥抱你，她只是远远地笑看着你，并且试图欺骗你这是她的温柔。

我明年春天硕士毕业，与人见面必被问及未来的打算。回国或者留下，我老实回答还没决定。于是直到夏天过去一半，我既没有找工作也没有查博士入学的资料。不是因慎重而犹豫，而是在哪里都可以。我觉得自己像尘埃，像蒲公英，像一切细微的、轻飘的存在，不知道下一秒会被风吹去哪里。

我走神的次数越来越多。坐着的时候，走路的时候，听别人讲话的时候，思维停下来，脑袋空荡荡的。失眠也越来越严重，常常看着天慢慢亮起来，觉得睡地板比睡床上好。

我对自己说你已经是个成年人了，不可以这样浑浑噩噩，不可以继续纵容自己，你应该有目标、有理想，应该知道自己想要什么，应该知道自己该做什么，应该从地上爬起来勇敢地往前跑。

那些坚硬又逞强的情绪包裹着我，快要透不过气来，我就这样无数次无数次把自己逼到悬崖边，倔强地不肯向生活求饶。

身边的人看不到我的窘迫，他们只会说羡慕我，用漂亮的话夸奖我。乐观，积极，勇敢，这些情绪太虚弱了。我能抓住的东西少到可怜，那些伪装脆弱到一戳就散一吹就灭。很多时候，我只是好想好想要个拥抱。只要一个拥抱，就能获得力量。

后来我得到了，从他那里。

回家后收到他的 message，问我是否安全到家。

我困倦得不行，直到洗完澡，换了衣服，趴在床上时才想起应该回复。他秒回，说我刚才状态不好，他很担心，然后礼貌地说谢谢我回复他。

"我看起来不好吗？"

"也不是不好。"他发来"hmm"似乎在思考，最后说，"只是看到你的时候，就好像没办法不管你。"

"你对女孩都这么温柔的吗？"

过了一会儿，他打电话过来，用非常认真地语气告诉我："字面不能传达情绪，我想了想应该这样亲口告诉你。在东京这段时间，除了问路我没有跟别的女孩聊过天，也没有问过别人的联系方式。你是唯一一个。"

"韩国的男生都像你这么郑重的吗？"我笑起来。

"啊，没有吧。"他拉长尾音，不好意思地跟着笑，"我只是希望你相信我，虽然我也不明白这是为什么。"

"souduseka（是吗）。"我不知道英语如何表达，用了句日语感叹。

"soudesu（是的）。"他也用日语回复我。

他的名字是 Z。在 Korea University 念硕士二年级，论文完成后和朋

你我之间半透明

友来东京旅行。来之前跟会日语的朋友学过几个单词，类似kirei（漂亮的）、kawaii（可爱的）、sugoi（厉害的）、itadakimasu（我开动了），以及跟我说过的konnichiha（你好）。

我跟他讲我的留学经历，讲我的朋友和我的生活。而他告诉我在东京的旅行，他去了池袋、新宿、银座、涩谷，最喜欢的是台场。我问他为什么不去新大久保，那里是韩国人汇聚区，他说不想为了见韩国人而来日本。

他教我用韩语念他的名字，以及我的名字。教我说韩语的你好、谢谢、晚安以及一些简单的语法，比如人称后用xi比ya更礼貌。他比我大一岁，我应该叫他oppa。我表示怀疑时，他立刻拿出护照证实。说起来，他对我太过坦诚，让我的不安和疑虑无从生起。

他也跟我说他的研究内容，跟我说他服兵役的事，跟我说他的担忧和压力。

他说："Yui，以前我不用怎么费力就能通过考试，考上最好的大学，别的方面也总是很顺利，所以他们觉得我一切都没问题，但我知道自己的极限和弱点在哪里。有时候我也想逃跑。"

我很沮丧："我明白。我明白你的心情，可是我不知道该怎么才能安慰你。"

——就像我不知道怎么安慰自己。

"这样就可以。"他笑起来，"你的存在已经让我觉得更好一些。"

——就像你的存在也让我觉得更好。

他的声音非常好听，低缓的，让人融化般的温柔，后来我才知道他唱过很多歌。他自己写歌词，会吉他、贝斯、鼓，他笑着说对新事物很好奇，所以学了很多奇怪的东西。

他唱歌时和平时不一样。我不知道该怎么形容那种差异，简单而言，如果日常的他像干净温柔的学长，那么唱歌时的他是闪闪发光的、站在舞台中央的耀眼存在。

他问我有没有男朋友，我说没有。他说你怎么会没有呢，我反问，那你又为什么没有女朋友？

"因为我还没有找到那一个人，"他说，"soulmate。"

其实我们都是慢热、守着自我世界的人，第一次，对方只是敲了敲窗，就欢快地打开了所有的门。我们用并不熟练的语言从一个清晨聊到另一个清晨。和他认识以后，我觉得把生平会的词语都说尽了。每天绞尽脑汁学习词汇和复习语法，手脚并用地传达意图，那些矫情脆弱早已抛到脑后。

他回韩国的前一晚，我们到台场的 aqua city 一楼吃烤肉。

他和朋友之前来过一次，店员竟然记得。

我们有很多想法相似，对食物的喜好也一致。他不吃海鲜，我也是。他喜欢吃辣的食物，我也是。他喜欢米饭多过面食，我也是。

他喜欢和牛，尤其是神户牛肉。

"那神户牛肉和韩国 BBQ 哪个好吃？"

"用韩国 BBQ 的风格，烤神户牛肉。"他狡猾地回答。

晚饭后我们沿着海滩来回走了几遍，夜深了也不知疲倦。

我们不提再见，也不提未来是否还会再见。

他叮嘱我很多事。不要一个人散步到很晚，不要总是失眠，不要一个人坐着发呆，不要把什么话都放在心里，不要总为了别人委屈自己。我垂头听着，全都乖乖答应下来。

他忽然停下脚步，深深叹了口气，有些无奈地伸手揉了揉我的头发。手滑落到我肩膀，下一秒，我跌入他的怀抱。

他个子高，那个拥抱又温暖又安全。

我闭上眼睛倾听到他胸腔里跳动的声音，散乱已久的灵魂碎片似乎在那一刻重新凝聚在一起。

即使这个世界上大家各有所长，但我不相信会有人擅长分别。

距离分为时间和空间，无论哪种都可能无法逾越。

人与人之间的短暂交融后是无止境的分别，庆幸或者遗憾这种冠冕堂皇的话我毫不在意，我只知道周围熟悉的那些景色，因为有了他的参与，一切都变得不同了。这让我觉得非常甜蜜，也非常非常难过。

在这之前我写过很多故事，也在书里不止一次提到夏天的魔法。仅凭着少女心固执地认为一到夏天就会发生奇迹。遇见他时我这种长年的情结算是落了实。世界上有六十亿人，我恰好遇见你，喜欢你，而你也一样，等同于奇迹。我说服自己已经足够了，已经很满足了。可是人心没有安装开关，开始和结束由不得自己喊停。

我摸索着要领，笨拙地收拾情绪，不去深究这样的相遇有何深意。而成熟的他理应比我更冷静更理智才对。但他没有。

或者说，他觉察到我的远离的意图，于是更努力拉近彼此的距离。

他给我打视频申话，带我看他们学校和首尔夜晚的街道。

他说东京有东京湾，首尔有汉江，如果我去韩国，会带我去那边散步。

他的专业是英语课程，硕士论文是用英语写作，毕业对英语成绩也有要求，他报了一个托福课程，周一到周五的 10 点到 13 点 30 分去江南上课。结束后常常去 Marugame 午餐。

他周末会去 band 的练习室，他发做好的新曲子给我，也给我翻译之前唱过的一些歌词内容。

他给我讲他写的灰色童话，其中一个是鸽子与小狗的故事。

有一天，鸽子看见了小狗，小狗能跑很快并且有一个人类的朋友，鸽子很羡慕小狗。后来鸽子飞走了，人类朋友离开了，只剩下悲伤地待在门前的小狗。

我问他："你羡慕鸽子还是小狗呢？"

他发来大笑的表情说："这只是故事。"

这不只是故事。

我以前也喜欢过一些人，悄悄的，小心翼翼的。对隔壁楼的邻居有好感时，只是在便利店看到他就条件反射逃跑了。喜欢的男生发来邀请，每次自我感觉状态不好就会拒绝，然后就没有然后。

我缺乏自信，会考虑为什么会喜欢我而不是别人。我极其被动，希望对方先坚定地来牵我的手。我讨厌强求，怕所有只是我的自作多情。

在感情上我是个又弱又没用的大笨蛋，我承认。即使后来勇敢一些，也总是潦草收场。我不断减少对这个世界的期望，因为讨厌失望。

他在韩国，会去美国读博士。他唱歌，会被很多人喜欢。我在日本，明年留在哪里尚未可知。我写故事，躲在小小的角落。他是鸽子，短暂停留后要飞去更远的地方，而我是小狗，我只想要一个长久的拥抱。

关于未来尽是谜题，我毫无胜算，连努力的勇气也没有。

我不再仔细看他的消息，不再关心他的生活汇报，几个小时后回一句冷淡的"嗯"，他打电话过来也假装在忙。

某天夜里醒来，收到他长长的留言。

他说要离开一段时间，去处理一些事情，让我好好照顾自己。

他说有很多事不去努力尝试一下，就不会知道结果如何，我们应该加油，不要辜负命运的奇妙。

他说你要相信这个世界上有长久温暖的存在，我不想你感到孤单。

我想这就是他的告别了，竟然心酸到哭了一场。好了好了，这样很好。我一边擦眼泪一边安慰自己。夏天的魔法消失，我们回到各自的轨迹，未来不再有交集，跌跌撞撞继续一个人的生活。

但忍不住还是常常想起他。

在很多空隙间，他会突然从我的脑海里冒出来。幻想我们在同一个城市，幻想我们一起生活，幻想我们一起吃饭一起散步一起去超市，幻想他给我讲故事，幻想只要我难过他就给我拥抱。我努力把想念卷起来，折成小小的一团，塞进心的某个抽屉里。他不停地冒出来，我不停地塞。

那时候我意识到我比想象中更喜欢他，也很沮丧，不知道以后是否还能遇到比喜欢他更多的人。

到了季节的尾巴上，住在交流馆的留学生与我拿同一项奖学金的财团生一起举办露天烧烤。

口袋里的手机收到新消息时，我正忙着给大家分发筷子和餐盘。隔了一会儿才腾出手，看到屏幕上显示的是他的名字，我恍惚以为在做梦。那瞬间，要保持距离、要若无其事之类的全没想起来。我心跳加快点开屏幕，对着他"你在做什么"的问题讯速回答"在参加BBQ"。

"在家附近吗？"

"嗯，就在楼下。"

"来这边吧。"

"哪边？"

"这边。"他说，"来我身边。"

我咬了咬唇："好的。"

"我很开心听到你这样回答。"

猝不及防地，他发来我家附近车站的照片。

"为什么……"我没办法思考，全身不能动弹。

"鸽子想念小狗，所以飞了回来。"

他告诉我他申请了到东京做交换生，时间还没到，手续也在办理中，但他总算能空闲几天，所以作为游客飞了过来。

"我可以在车站等你吗？"他问我。

未来的谜题交给未来解答，我只知道错过现在就会后悔。哪怕只是一小段剧情的女主角的机会，又怎么甘心放手做路人甲？

我解开围裙，来不及跟朋友们详细解释，转身就跑。我必须跑，跑过时间与空间的距离，跑过季节的尾巴，跑向他。

风声在耳边含混成一团，世界失去了焦点，除他之外，我什么都听不清、什么也看不见了。整个人眩晕着，脚步越来越快，心跳也越来越快。

远远的，我看到他对我笑着张开了怀抱。

爱人不只是人，是我们对于幸福的构想能力。

Chapter
〖2〗

赏味期限

能让爱持续下去的，
一定是想爱的心。

1

在家闭关了半个月后，我出门了。

起因是接到沈致远的电话："六点在资生堂 Parlour 门口碰面，给你蛋糕。"

我正睡得迷糊，含糊回了个"嗯？"，但惜时如金的邻居先生已经把电话挂断了。我没放在心上，翻个身却已无睡意，于是起床喝水。

这时电话铃声再次响起，我妈说从客户那里得来一些芒果，后藤先生晚点路过这边，打算给我送一些。

"但我要出门。"我急忙打断她的安排。

停顿了会儿，我心虚地补充："之前和沈致远约了去买东西，后藤先生可以把芒果存到我信箱里，我晚上回来就去取。"

"沈致远？"我妈的声调有了跳跃的小弧度，"我和后藤一直觉得他不错……"

"不是你想的那样。"

不管怎么样，门是必须出了。从放了两周也没整理的行李箱里翻出条棉麻的黄色吊带裙套上，就这样出去了。

时间尚早，我沿着海鸥线步行去银座。

东京的天空蓝得澄澈，白云浮游其中，东京湾的波浪闪耀着细碎的光芒。午后的彩虹桥上空荡荡的，视线放远一些，能看到东京塔。一想到它永远安静地伫立在那里，就滋生出一些奇怪的安心感，混合着感动与感激。

但我知道，无论我多么喜欢此刻，既不能停留也不能带走，我拥有的只是被击中心灵的一瞬间而已。

我深吸口气，继续往前走。

我用谷歌地图找到资生堂 Parlour 时，沈致远已经到了。

刚下班的他西装革履，具备身为律师的专业和冷静，在人群中自带吸引力和隔绝气场。楼下便利店的朝仓早纪私下称他为人情绝缘体，看谁都像看一棵植物。虽然这里面包含了被沈致远拒绝告知 Line 账号的怨念，但基本上是正确的。正如此刻，过往的女生们会偷偷打量他，却没人敢上前搭讪。

这时收到后藤先生的消息，说芒果放进信箱了。

躲过照面让我松口气，估计后藤先生也是。

我把手机放进口袋，步伐轻松地向沈致远走去。

一楼是 Parlour shop，精致的糕点在橱窗里闪动着诱人的光芒，耳边不时传来女孩们"哇呀好可爱""看起来好好吃"的欢快感叹。沈致远不会在这种地方停留太久，他早早预订好了。

当店员端出周年庆一天限量五个的草莓蛋糕时，我吓了一跳。

"你怎么订到的？"

"打电话。"

"我不是那个意思啦。"

店员一直送我们到门口，再次提醒蛋糕最好在明天之前吃完，放冰箱的话不要超过三天，然后将包装好的袋子递到我手里，直到我们走出很远了还保持在鞠躬礼送的姿势。

"店员也太温柔了。"我说。

"那是他们的工作。"

沈致远的父母是外交官，他继承了自律审慎的基因，早早便知要对自己的人生负责。他十八岁到日本，从东京大学法学部毕业后，入职了位于六本木的一家法律事务所。据说他是多年以来唯一被录用的中国籍社员。五年后的现在，成为事务所的王牌之一。他目标明确，清爽利落，不与没有门槛的人深交，也不浪费时间在揣测他人上。一加一等于二，一减一等于零，这就是沈致远的世界。

"你会一直待人待物都这么简单粗暴吗？"我好奇。

"简单即高效。"沈致远说。

"有些时间是值得浪费的，比如我看到这只限定的草莓蛋糕时，就会想你是费了力气才预定成功的，它就变得更珍贵了。当店员服务周到时，就会想她认真用心地在工作。"我说，"让彼此关系更好的同时，也让自己心里舒服，不坏呀。"

回到公寓楼下时，我从 15 号邮箱里取出装着两个芒果的袋子。

我能猜到我妈的心思，也按她的意愿分了一个给沈致远。知道坚持无功不受禄的他不会随便收别人的东西，但我有对付的办法——只要声称这是他帮我拎一路蛋糕的报答，他就不会拒绝。

我们在门口告别，沈致远把蛋糕递给我时说："对言行赋予太多含义不见得是好事，抱着多余的幻想更容易失望。比如我电话打得早，店员推荐预定限定款时我并没思考多余的事。而你为了躲过和继父碰面，磨蹭到现在回来，这别扭的心理下次还会重来。原本这两个小时你可以写一篇新小说或者做一篇翻译，完成一点有意义的事。"

"被你一说虽然没什么感情了，不过挺轻松的。人要是都像你这样言行合一，可能相处得会更长久吧。"

和沈致远追求的简单高效不同，真心说着这种话的我，可能更接近破罐子破摔的悲壮。

2

后来我有点相信宿命论。

尤其在我的生活被搞得一团糟后，遇见谁，离开谁，都觉得一定是出于命运的某种安排。只有当我这样想时，不管生活变成什么样才顺理成章，不然我想不通为什么会变成这样。

至少几个月前，我没想过会在东京的小公寓里独自生活。

我现在住的房子是后藤先生的，如沈致远所说，他是我继父，外表看起来温厚敦实，在池袋经营着一家中华料理店，我妈在那家店工作到第二年时变成老板娘。她入籍半年后才在电话中告诉我，是用突然想起来的那种口气说："对了，我结婚了。"

"这是第几个？"

"第三个。"我妈扑哧笑起来，"又不是攒积分卡，第几个不重要，重要的是现在是哪一个。"

我和我妈的关系像疏远后的朋友。她是个神奇的人，当机立断，雷厉风行，除了母亲这个身份外，别的都很擅长。十五岁那年，我爸在工地上意外坠落，拿到死亡赔偿金后，我妈在市中心买了一套二居室。余下的钱分成两笔，一笔给我存学费，另一笔她自己到日本寻找新的人生。整个处理过程半年内完成，虽然落下不少话柄，但用她的话来说，"事情已经发生了，既然不能陪他一起死，哭哭啼啼不如好好为自己活"。

我妈到日本那年我高一，直到大三我一直住校。到了大四，我和高中开始早恋的男朋友周颢工作都落实了。得到我妈再婚通知那天，周颢问我要不要搬出去一起住，我和他就这样开始了同居生活。

周颢聪明随和，认真妥帖，在学校里很受欢迎，工作后不到两年就在公司里找到了自己的位置。而我受我妈的影响报了日语专业，在本地一家私人翻译公司工作了一年，老板为了节省开支允许在家工作，我渐渐变成了自由职业，靠着一边给杂志写专栏一边做翻译度日。由于专栏人气不错，我开始给一些营销号供稿，在微博上也接一些广告，生活并不拮据，还算自由顺利。我二十五岁生日那天，收到周颢的戒指，我们甚至约好婚礼在第二年春天举行。

由于缺少父母关爱，我对家庭很向往，和周颢同居后满足了我的所有幻想。刚同居时，我们像新婚夫妇一样牵着手去家居店，从沙发床垫到刀叉碗筷，从书架几层到窗帘颜色，全都精挑细选，亲手把房子布置成一个家的样子。转到家里工作后，我买了一堆料理书学着做饭，而下班回来的周颢在客厅工作或者在阳台给花浇水。迎着光，房间被光线允斥着，碗筷碰击的声音，书页翻过的声音，水滴从绿叶滴落的声音，汇聚成轻松的生活曲调，这让我非常高兴。有时在沙发上打个盹醒来，抬眼看到周颢温柔的笑脸，我感觉一切苦难都过去了，自己正被全世界的幸福包围着。这幸福如此心安，绝不会离我而去。

可是，当我沉浸在平稳的幸福中时，没有想过平稳之下酝酿着怎样的风暴。

四月的一天晚上，我收到一条微博私信，是周颢和别的女生在一起的照片，背景是我们有庆祝时才去的酒店餐厅。那里的墙是一整面透明玻璃，能看到这个城市的夜景。照片里是烛光晚餐，周颢躬身亲吻短发女孩的额头，女孩脸上闪烁光彩，笑容和怀里的玫瑰相得益彰。

就在点开图片前一秒，我们正一起叠着从阳台收回来的衣服，商量着去领一只小狗回家的事。他看我的目光、对我说话的口吻，永远那么坦率真诚，我从没有怀疑过。甚至面对着那张照片，我也没回过神。当周颢笑着问怎么在发呆，在我旁边坐下来时，我心虚地想关闭屏幕，却手抖始终点不到右上角的小叉。

我们没有争吵的经验，两人一动不动保持姿势坐在客厅里，直到夕阳彻底沉下去，房间里光线消失，剩下模糊的轮廓。我看不清他。

"是为了给她过生日吗？其他同事正在旁边吧？"

"对不起……"

"大家都亲吻她的额头吗？"

"对不起……"

"我们怎么办？"

"永希，我一时晕头……对不起……"

我没有回头看周颢，满脑子疑问，声音颤抖着，眼泪不受控制地往下掉。周颢不顾我挣扎过来抱紧我，一边扇自己耳光保证只有那一次，一边哭着求我原谅他。我和周颢在一起八年，第一次见他哭，心痛远远胜过愤怒。

你我之间半透明

镜子破碎后会留下裂痕，我们刻意维持着和平常一样的相处，拥抱和亲吻却因小心翼翼而充满了塑料感。即使他表现完美，我也克制不了胡思乱想。

无论相处多久，人和人之间的信任感依旧如此脆弱，这让我伤感。

我郁郁寡欢，周颢也愈渐沉默，但当时我想只要调整好自己，甜蜜就会和以前一样重新回来。

可是没有。

周颢自知理亏，又不知如何抚慰，只好逃避。他待在公司的时间越来越长，不拒绝任何出差安排。起初我以为他只是心怀愧疚，不知道怎么面对我，直到六月公司举办周年庆，当晚他没有回来，也没给我打任何电话。

自那以后，我觉察我们之间朝着不可挽回的方向发展了。

他的痛心和懊悔渐渐被不耐烦取代，甚至他手机每来新消息都让我们气氛凝重。因为怕失去他，我意识到必须做点什么了。

我约姚婧见面，她是我大学时代的上铺，复读过两年，比我大两岁，住在一起时常受她照顾。毕业后，姚婧和周颢成了同事，我们也因此往来密切，有时还一起做翻译的工作。我支支吾吾，但姚婧立刻挑明了。

"迟思琪吧，那女的是我们公司人事部的。"姚婧接着说，"有一阵她来跟我打听周颢的事，我说你们快订婚了。后来有天中午，我小姨给我介绍了个相亲对象，在饭店碰到周颢和迟思琪一起吃饭，当时就觉得有猫腻。"

"什么时候的事？"

"去年冬天。你也是心大，这么久没一点察觉吗？"

春天以后周颢出过几次差，但晚上会给我打电话，会发出差地点的图片给我，他做得那么镇定坦然，我即使有第六感也很快愧疚地认为自己想太多。

"周颢条件好，觊觎他的女生从高中起就没断过。他已经算对你衷心了。滴水不漏地瞒你代表在乎你，你们婚期既然定好，你咬咬牙这道坎也过得去。"

"爱情是可以这样折中算的吗？"

"永希，你看我二十六岁了还没恋爱过，一边愁着迈入大龄剩女队伍，一边还要与三姑六婆战斗。这爱情啊，只有握在手里才算数，想让爱情长久就得抓紧对方不放手。等把周颢的心推远了，便宜了小三哭的是你，你好好掂量再决定。"

自高中以来，空余时间里我和周颢待在一起，与其他男性来往很少，一是避免麻烦，二是没心思和兴趣。女性朋友方面，高中和大学的室友一直保持着联系，毕业后大家工作或者结婚，生活普通，烦恼也平常，没什么深刻维系，问候闲聊还好，要真的倾诉什么，除了姚婧没有第二个人。

周颢对于我找姚婧的事却恼羞成怒，因为姚婧是我的朋友，也是他的同事，传出去对大家影响不好。

"这件事是我不对，我认错了也在努力维护我们的感情，永希你一直这样敏感我不知道怎么办，现在面对你我快要喘不过气来了。可是我保证，自始至终，我想结婚的人只有你。"

"你爱我吗？"

"爱。"

"真的爱吗？"我看着周颢。

他愣了一下，就这一瞬间让我的心碎掉了。

我不停掉眼泪，掐着手心克制自己不要哭出声，太用力了，手心掐出血迹。周颢被吓到了，呆呆地坐在那里，没有伸手抱我。是不敢还是不想，我不知道。

"我们暂时分开冷静下吧。"他说完起身出去了。

我没办法一个人住在这里，而这个城市我已经无处可去。

天微亮时，我拖着失去知觉的身体给我妈打电话。我没打算说太多，却被她听出异样，只好和盘托出。她自己感情经验丰富，问我怎么打算。

"我能不能去你那边待一段时间？"我问。

好在家族签证早就办好，我简单收拾行李去机场买了最近的航班。打开门时我心跳很快，外面空空的，周颢不在。

他昨晚出门带钱包了吗？手机能不能充电我也不知道，他在门外等了很久吗？什么时候离开的呢？去了酒店还是朋友那里？或者是去迟思琪那里了吗？

我就这样脑子里胡思乱想着，坐上了去往东京的飞机。

3

我妈和后藤先生忙着在新宿开分店的事，我会日语，平时能在店里帮些忙，但送菜时看到恩爱的情侣也让我难受到掉眼泪。而且，每当看到我妈和后藤先生在一起时我也难免有微妙的违和感，总觉得自己像个外人。

明明在最亲的人身边却没有家的感觉，到头来能让我长留的地方一个也没有。我和周颢现在也不可能见面，我陷入痛恨和想念的深渊里不能自拔。

和他们住了一周，后藤先生和我妈商量也许让我静静待一段时间更好，正好他在港区有一套小公寓空着，我妈爽快地同意我搬过去。后来我才知道，他们还有别的打算，就是隔壁住的沈致远。

我白天睡觉，晚上失眠，只有夜里去便利店才出趟门。人关久了会变得迟钝，加上烦恼重重，说行尸走肉也不为过。但该遇到的就会遇到。

第一次遇到沈致远时，我手里拎着后藤先生送来的草莓慕斯蛋糕在走廊转角和他撞到一起，草莓和慕斯糊得到处都是，他看我的眼神也像看一团糟的事故现场般恶劣。几天后大风把我的内衣刮到他家阳台，我拿着晾衣竿试图取回来时被他抓个正着。接下来的几秒我保持着倾身探出晾衣竿的动作，他从停滞的画面里上前一步，将内衣挂在我晾衣竿的铁叉口后拉上了阳台的落地窗。大概我们有不可来往的共识，眼神交流了几个回合，自始至终一句话也没说。

关系改变是两周前的周末深夜。

失眠的我一如既往地去便利店，在走廊上再次撞见沈致远。即使他摆出一副站在玻璃窗前凝视霓虹的深沉造型，身上的米色睡衣睡裤却出卖了他。从便利店回来时我没忍住，上前问他是否需要帮助。他判断一番后，不情愿地问我借了手机。

他把垃圾放到门口时，不知怎么被反锁在外面了。凌晨两点给房东打电话也拿不到钥匙，沈致远找了开锁公司，那边问了地址后说半小时左右派人过来。沈致远要还人情，我没放心上，但他说得直白：·"人情算清了能减少不必要的往来。"我想了想，说那你给我买个蛋糕吧。而此刻，那个豪华的限量款草莓蛋糕正在我的冰箱里。

人和人之间的关系很微妙，无论多么不相同的两个人，似乎只要近

人一旦把爱降价处理，就怨不得别人不珍惜。

距离很长时间，就会自然而然地产生更多交集，而随着交集增多，以后会发展成什么样又全不可知。我和沈致远就是最好的证明。

我们第一次交谈是在等开锁工的那天晚上。

他还手机给我后简明扼要地表示我妈给他打过电话拜托他"照顾下我"，他对谈恋爱毫无兴趣，对照顾失恋患者更没兴趣。他现在会跟我说话的原因在于他对爱无感，对我这种没爱会死的人有好奇心。

"……是吗？"我没想到会这样展开，一时不知作何反应。

"真是不可思议，世界上真有你这种蠢人，会为恋爱纠结到影响人生。不就是少了个男人吗？"

突然被一个陌生男人这么说，我有点生气，反驳道："爱人不只是人，是我们对于幸福的构想能力。"

"狭隘，一掉进爱里全世界就只剩那一个人。说到底吃苦太少，不知苦难为何物才这么脆弱。"沈致远毫不避讳地看着我，"接触几次下来，大概也能看出你失恋的原因。简单、柔弱、为人着想，换言之，单调乏味，毫不费力。这类女人有个通病，恋爱前是珠宝商，每份'喜欢'都珍贵到不轻易示人，恋爱里变成街头商贩，所有'爱意'跳楼大甩卖，恨不得倒贴百分之一百万以示真诚。人一旦把爱降价处理，就怨不得别人不珍惜。"

"我的爱始终是我的爱，没有改变过。为什么陈列在橱窗里是珠宝，搁在板架上就成了廉价货？"

"成年人的爱情就是买椟还珠的浅薄勾当。"

"我和周颢不是。"我气急了，"没有故作姿态，没有欲拒还迎，不耍小把戏和小心机地坦诚踏实恋爱到现在……"

"没脑子空有一腔赤诚，被背叛是迟早的事。"

　　我鲜少生气，当时却被沈致远的刻薄刺激到想踹他一脚。后来我想，如果真踹了，可能我们对彼此的印象就停留在一个刻薄一个软弱，不会再有其他交集。

　　让我们继续聊下去的原因是我恢复冷静后看着他说了一句："背叛感情的人才是没脑子的那个吧？"

　　我承认自己在感情中是个弱者，但仅限于对待周颢，在他面前我根本没办法动脑，也不愿意动脑。在爱人面前可以安心缴械，温柔的怀抱能解决所有问题，这是我理想的爱情。但面对沈致远不同，不用动心只用动脑。

　　"怎么说？"他看着我。

　　"真正有脑子的人能分辨利弊，得不偿失的事是不会轻易做的。其次就算做了也不会被揭穿，被揭穿也能把谎圆过去，哄好女人的方法有一万种。"

　　"那你为什么搞成现在这样？"

　　"因为我在爱。"我颓败下来。

　　和周颢分开后，我被庞大的空虚围困。每天把冷气开到最足，躲在被窝里断断续续做很长的梦成为唯一让我快乐的事。至少在那个世界里，我能把生活平顺地经营下去。而每天睁开眼睛后，被紧紧追赶又无处可去的凄凉和无望让我疲惫不堪，夜里醒来也忍不住常常哭泣。

　　我甚至没出息地想，只要周颢找我好好道歉，我就回去重新开始。

　　4

　　晚上，我拎着草莓蛋糕去敲隔壁的门。

"好不容易才得来的，一起吃掉吧。"

"我不吃甜食。"

"唔……是吗？"

我有些苦恼，一个人很难吃完这么大个。不过周颢也很少吃甜食，我觉得男生不喜欢蛋糕是正常的事。一想到周颢，我的情绪低落下来，没有了食欲，于是把透明盖子重新放回蛋糕上。

沈致远说我乏味，可能是。我对物质没有要求，也没有做女强人的欲望，但我也并非寄生的藤蔓靠吸取周颢的养料过活，我有足够生活的收入，也尽量不给人添麻烦，追求这样舒展地活下去。难道对生活的追求简单是一种乏味吗？平顺踏实地恋爱必将迎来危机吗？到底哪里出了错？

"其实我不太明白，在爱里面，真心不是最重要的吗？"

"真心的价值不是自己说了算，是由对方来评估吧。"现在沈致远对我的耐心见涨，"真心的效用也有时限。就像这块蛋糕，无论它多么好看，味道多么完美，只要最好的时间过去，就变成了一坨垃圾。"

"一定有什么是永远存在的，如果不这样想，我找不到恋爱的意义了。"

"让蛋糕永远好吃的办法是吃掉它。保存恋爱的唯一办法是让爱情死亡，只有死亡的消失的不再重来的东西才永存。"沈致远看着我。

"你一定没有爱过人，不在深渊不知绝望。"

"明知是深渊，我为什么要往里跳？"沈致远说。

到了半夜，我实在睡不着，打算和往常一样去便利店。

在玄关换鞋时想起沈致远的"过期则垃圾"的理论，让我对草莓蛋糕生出些同病相怜的黯然，便折回去打开冰箱，唯一的草莓蛋糕静静被灯光笼罩着。

今天周五，是朝仓早纪值夜班。那个二十岁的日本女生，在专业学校学设计，因为总在深夜相见混了脸熟，她得知我住在沈致远隔壁后，既羡慕又同情，后来只要轮到她值夜班，我们就会聊上几句。

"虽然很抱歉，但若过了赏味期限丢掉太可惜了，如果朝仓小姐不介意的话能和我一起吃吗？"

"啊，我真的可以吃吗？"朝仓早纪很开心。

"求之不得呢。"

等到朝仓换班后，我们一起去了休息室。

她找出一次性餐盘和刀叉，将草莓蛋糕从中间切开，分了一半出来现在一起吃，剩下的一半实在吃不完，所以小心翼翼帮我包好，并找出新的保鲜剂，让我一起带回去放冰箱里。

被她这样细心对待，我心里涌出暖意。

"你常常半夜过来，看起来很憔悴，店长他们说起来还在担心。唐小姐要注意身体呢。"

"谢谢你们，我是失眠，身体还好。"

"总失眠可不是办法啊，睡眠对于女生而言太重要了。"

"朝仓小姐，"我看着无忧忧虑吃得香甜的朝仓早纪，由衷地感叹，"真羡慕你啊，年纪轻轻的做什么都可以，一份蛋糕也让生活变得幸福。"

"不是的哦。幸福是一种心态，和年龄没有关系。一份蛋糕带来的幸福感不会放大也不会缩小，只是人的心变宽广了，那点幸福相对渺小了。所以说，让人变得不容易幸福的不是年龄，而是欲望呢。"

"成年人不止要和自己的欲望斗争，还要和别人的欲望斗争。"我叹气，"即使得到喜欢的蛋糕，要担心它是否如外表一般是自己喜欢的味道，发现自己被骗了，也纠结于该吃掉还是扔掉，还要时刻害怕它过了赏味期限变成一坨垃圾。"

"唐小姐你是为情所困吧？而且一定没谈过几次恋爱。"

看到我茫然的样子，朝仓接着说："我前天刚分手，一二三……七……八，和第八任男友。腻了，觉得和那个人继续在一起也没意思就分手了。感情结束不都是同一个原因吗？因为两个人或者其中一个不爱了，所以终止关系。"

"啊？"

"如果你手里的蛋糕让你不安多于幸福，与其花时间纠结，不如放手去拿别的蛋糕。同样的，想要恋爱永远甜蜜永远新鲜，只要不停恋爱就好了。"

朝仓轻轻擦掉嘴角残留的奶油，眼神明亮地看着我，接着说道："唔，如果唐小姐是蛋糕的话，你就要相信，好吃的东西一定会有人喜欢，不会白白过期浪费掉的。"

"朝仓小姐真的刚成年吗？"

朝仓爽朗地笑起来："所以说年龄不是关键问题，二十五岁的唐小姐反倒让人担心啊。"

"对不起。"除此之外，我不知该说什么。

"没关系。既然上一段感情过了赏味期限，正是时候开始下一段，这是好机会不是吗？"

结束一段感情最好的办法是开启一段新的感情，可是我当时并不认为我和周颢就到这里为止了。

虽然自从那晚分开后，周颢一次也没找过我。

我为他的背叛而愤怒，为他的抛弃而伤心，为他的冷漠而不知所措。

我恨过他的残忍和虚伪，也恨过自己的眼瞎和软弱。最折磨、最让我痛苦的，却是未来不能与他共度这件事。我心里的这个人，远比那些细节更重要。

分开之后，我愈加清楚地感觉到，世界上有几十亿人，我只想要他。

即使他带给我痛苦，也让我绝望，我还是想要他。

我爱他，根本没得选。

5

周末因为和我妈约了吃饭，我再次出门。

后藤先生去横滨参加同级生聚会，晚饭剩下我妈和我两个人。察觉这兴许是为了让我轻松一点的特意安排，我对后藤先生的体贴好感倍增。但同时有点过意不去，上次后藤先生专门送芒果过来，说不定是想和我更亲近一些的。

下午，我妈开车过来接我。她预约了位于西麻布的一家怀石料理店。把车停好后，我们步行了一会儿，最后拐入一条安静的小路。

料理店在尽头的地下二层。

等候在玄关的女招待把我们带去吧台，温柔的女将替我们整理好随身物品后安排入库，然后拿出今日的菜单进行讲解。酸甜爽口的梅子酒让我精神了一些。之后细心烹制的佐菜为茶豆和鬼灯的烤香鱼、盛在黑色瓷碗中的白色蒸鲍鱼、出自鸟根宍道湖的天然鳗、被称为红宝石的喉黑鱼烤制而成的御饭等，一道道料理端上来，精致的器物泛着光泽，女将在一旁温柔讲解的语调，让人深深被店内温厚内敛的气氛包围起来。

我竟为涌出的踏实而伤感。或许自己潜意识里认为时刻沉浸在痛苦中才是理所应当的状态，那么，我逃到东京的原因究竟是为了自我拯救，还是想让周颢体会失去的痛苦之后再次握住我的手呢？又或者，体会失去的痛苦只有我而已。这样的想法即使细腻的丹波黑豆布丁融在口中，我也感到苦涩。

"最近周颢联系你了吗？"我妈若无其事地进入今天的正题。

我摇头。

"你们彻底分手了？"

"我不知道。"

"那和沈致远最近怎么样？"

"妈，"我觉得得和她好好解释解释才行，"我和沈致远不可能，他是一个不需要爱情的人。"

"有谁是不需要爱情的呢？你是心还在周颢身上。"我妈蹙起眉头，接着说，"这孩子是怎么回事，要不要我打电话过去说说看，或者我直接给他爸妈打电话沟通下，家长出面帮你们调和？"

"不要。"我急忙阻止她，"他本来就不是缠人的性格，我自己也乱糟糟的没整理好，即使面对面也拿不定主意，对解决事情没任何用。"

"你看你，处处维护他。"我妈无奈地看着我，"不过他这次理亏，你闹一闹让他有危机感是对的。但要把握分寸，时间长了可能就放跑收不回来了。"

"其实我知道这样拖着不是办法。我做不到稀里糊涂地假装原谅，裂痕就在那里。否则就像刚发现时一样，我们之间只剩下草木皆兵、强颜欢笑，导致问题越来越严重。而且他的态度让我很寒心，温水煮青蛙太痛苦了，我在认真考虑该不该放手。"

你我之间半透明

"恋爱和婚姻不同。恋爱是享得了甜，婚姻是受得了苦。你要是用恋爱的一套去经营婚姻，绝对血本无归。但不管多爱他，如果他让你只剩下痛苦，没必要在他身上消耗自己。"

"妈，爱情对你来说是什么？我是说……"我整理着思绪，"和人相识、相恋、走进婚姻、再走出婚姻，这是一个漫长的过程，从零到十，再从十回到零，你对这种关系没有厌倦吗？不觉得辛苦吗？"

"当你一直沉浸在被爱和被满足的关系里，是不会感到厌倦和辛苦的。"

"你这样说，我有点同情后藤先生了。"

"你以为后藤是傻的吗？"我妈白我一眼，"总之你记住，人和人的关系能维持下去的原因，绝不是一味付出，而是互相需要。"

回到家后我打开空调钻进被窝里，脑海里交替出现近来听到的不同声音。在这之前，我以为爱就是爱，会有很多种表现，本质上大家的理解应该是一致的。

原来不是。每个人都有自己的定义，用自己的方式去执行和实现着，反而是我稀里糊涂，无法说明。而我是什么时候稀里糊涂的呢？是发生这件事以后，还是一直？

包括一直以来我笃定最了解周颢的这一点，现在也满是疑惑。

他在想什么呢？

我打开微信，他的朋友圈没有更新任何东西。他这个月做了些什么，我已经全然不知。我们之间这么遥远了吗？如果继续下去是不是就会变成陌路人？

我想起收到的那条揭发私信，于是登陆了微博。一开始就该想到，普通读者要怎样的偶然才能拍到那张照片？是我沉浸在痛苦里没办法思考，手足无措忽略了处理事情的先后顺序。那分明是迟思琪发来的宣战信号，我竟不战而逃。

自那天后我没再更新过内容，关心询问的评论以及私信累积了很多，手指在屏幕上往下滑，找到了给我发照片的账号。

她的更新从去年冬天开始，图文每日更新，俏皮地称呼男生为学长。学长指的是周颢，我知道。字字句句全是浓情蜜意。

天知道这大半年以来，在我记录着和周颢温馨日常的同时，他正在另一个微博里与人热恋。讽刺的是，迟思琪的微博粉丝二十七万，每条下面都有几百个转发，一大群人祝福着他们的感情。

而在我离开的时间里，她发了一张我家阳台花草的照片，配的文字是"学长家的花草缺乏照料！SOS！他说希望我快点搬过来，以后交给我照料，可是比起花草我觉得学长更需要我的爱呢！"

下面的回复很多是"哇，要同居了吗？""这是要结婚的节奏嘛？""太可爱了，但不能偏心，照顾学长也不能忘记花草"……

原来那个曾经属于我们的家，就快有新主人了。

周颢背叛了我，还在继续欺骗我。

在我愁肠百结，被思念和绝望折磨的时候，在我回忆着和他生活的细节，随时准备回去他身边的时候，在我等着他下定决心和我重新开始的时候，他早已经开始了新的生活。

当我发现这么多年，我了解他的一切生活习性，却不了解他，我给了他所有我能给的，却不能满足他，太无力太绝望了。

人一旦不再爱了，就可以绝情到这个地步吗？

即使如此，我仍旧想着要给我们的八年一个交代，不能这样不清不楚地结束。

我这样想着，给周颢发了正式分手的消息。

之后，我重新回到被窝里，努力蜷缩着身体，像牙膏盒一样把剩余的勇气挤在一起。已经结束了，现在只需要好好睡一觉，等待身心慢慢恢复。

6

我做了一个梦。

梦里我下班回家，开门时只从包里掏出一把光秃秃的钥匙。这不是我的钥匙啊，我想着，慌张地倒出整个包在地上乱翻，却什么也没找到。再一抬头，发现我正站在一扇墨绿色的门前，可我们的门应该是深棕色的，原来这不是我的家啊，我四下望去，周围白茫茫一片，什么也看不到了。

惊醒后，我瞪大眼睛，然后扑腾着翻身下床。我飞快打开行李箱的收纳包，因太过急促，手背在剪刀上拉出一条长长的伤口，我顾不了疼痛，直到看到那串熟悉的钥匙才深呼了口气，跌坐在地板上。

我的钥匙扣上有一把小小的银色钥匙，与之对应的是周颢的一把银色小锁。那是大学毕业旅行的纪念品，也是我们的信物。那时候为了带我去夏威夷，他所有假期都在打工，十一点下班后跑来我家送限定的糕点，在门口抱着我舍不得回去。我喜欢周颢的怀抱，比任何柔软的沙发和床垫更好。想到他的怀抱此时正抱着别人，我就感到恶心和愤怒。但一想到我们已经分手，以后彻底失去他的怀抱，我又感到心被撕扯着，再次被不知如何继续的虚无感侵蚀。

毛姆说如果在爱情面前思考起自尊来，说明你更爱的还是自己。

我不后悔给周颢发分手的消息。不可否认的是，我仍抱着一点希望，他收到这样的消息后应该会和我谈一谈，也许迟思琪的微博背后还有其他真相，也许我们还有一点转机。

挽留也好，同意也好，我以为周颢至少会给我回消息。

却迟迟等不来他的回复。

我就这样一会儿坐立不安地不停看手机，一会儿生气地关机塞到枕头下、放到书架顶端、扔进垃圾桶。在我怀疑自己同时患了抑郁症和狂躁症时，我跑去问沈致远借创可贴了。

几天不见，他盯着我看着我一副无精打采的样子，最后放我进门。

伤口不深，有点长，沈致远觉得酒精消毒后用纱布比较好。在酒精的刺激下，痛感增强，我的手不由自主地往里缩，被他瞪了一眼抓回去迅速涂好。

"痛嘛。"我委屈地说。

"治好了才能不痛。"

沈致远熟练地帮我把纱布贴好。

"爱情的伤怎么治呢沈先生（日文里习惯把医生和律师都尊称为先生）？"

"我是律师不是医生。"

"怎么才能不痛啊沈先生？"我只想问。

"做个局外人。"沈致远回答。

我随口一问，意料之外的答案让我受到震动，同时对沈致远的好奇心冒出来，追问他有没有恋爱过。这次意料之中被他瞪一眼后无视。

沈致远住了几年的房间和我临时搬来的空旷程度没差多少。桌子沙发书柜衣柜窗台灯，家具一眼看出数量。纯白的墙壁和干净的地板，配合简单的陈设愈发显得整齐。视线扫过厨房，突然饿了。我浑身上下搜罗一番，把从口袋里找出的一百日元放到桌上，勉强换来一碗泡面。

"这个是四百五十日元五袋的吧？"

不知道为什么一到这个房间里，逻辑就自然清晰。

"人工费不算吗？"

"我分手了。"

"没有难民补贴。"沈致远把一百日元扔进零钱罐。

我咂咂嘴，继续低头吃面。

我觉得喋喋不休讲自己的事很羞耻，也不知道从何说起。那些压得我喘不过气的痛苦，语言承担不了它的重量，倾听者也许只会觉得"啊？就这么点事？"。我讨厌痛苦，奇怪的是，却也不愿意它被看轻。而同情、安慰、担心，这些又只会增添我的负担。

我醒悟此时出现在沈致远房间的原因，是在属于他的小宇宙里，我不会轻易掉眼泪，连分手也可以自然而然地讲出来。沈致远所在的氛围干干净净，没有藕断丝连的感情，没有炙热灼人的野心，似乎处在时间的另一个维度里，冷漠，平和，不改变。这让我暂时从痛苦的现实中脱离，远比深切的关爱、明亮的感召更能抚慰我的内心。

这就是局外人的生活吧，正如我深知我和沈致远永远不会发生感情纠葛，才能这般清澈透亮地轻松相处。

"突然有点理解你了。"我感叹，"人总有事想不开地跑去谈恋爱，把人生搞得一团糟。"

"你是不是还有别的事？"沈致远问。

"我害怕。"我没打算隐瞒，"我虽然不红，但和周颢的感情被很多人关注，我不想被他们认为是骗子，也不想让他们失望。"

"你自己的幸福，为什么要承担别人的期望？"沈致远说。

"没那么简单。"我说，"而且还有那么多亲戚和熟人，解释分手原因很累，我也不想周颢难堪，让他难堪就是让我八年的感情难堪，我舍不得。"

"幸福像花蕊招来蜜蜂，当你不再甜蜜时它们就飞走了，也没人等着非要问个为什么，大家都很忙。"

"看了迟思琪的微博后，说实话我心痛，也沮丧，跟她在一起的周颢和跟我在一起的周颢完全是两种状态。"

"每段感情，处于开始状态的人总是热烈的有活力的，而结束状态中总是灰暗的死气沉沉的，这不是你的问题，感情期限到了而已。"

沈致远有种魔力，让很多沉重的东西变得轻盈。后来我想，这种魔力不只是思想和氛围作祟，更多的是因为他有能力，有一种认为一切都能解决的自信。这正是我羡慕也缺乏之处。

"抓住真正让你高兴的东西，不要被外界的评价左右你的人生。"

但事情变糟了，我们的微博被粉丝辨认出来了。

7

网上的闲人福尔摩斯们根据时间线拼凑出一场出轨大戏，原本祝福迟思琪的粉丝们立刻风向调转，谩骂和指责铺天盖地，一时间竟上了热门话题。我只想安安静静分手，不想成为苦情戏的另一个女主角。

我这才知道迟思琪微博人气高的原因，几个月前她在一个网站上回答了一条"有一个理工男朋友是什么样的体验"的帖子，因为萌系甜蜜让人浮想联翩，被很多营销号转载后，微博人气暴涨，甚至受到国内知名出版人的出版邀约。她俏皮可爱，从未露面的"学长"神秘又有魅力，几个月内关注者涨到二十多万。因为她发的几张周颢家的照片和我发过的相似，我们共同的粉丝循着蛛丝马迹发现她天使变小三的真相，随即她的微博炸了。

更没想到的是，迟思琪会给我打电话。

我原以为她会怕我，至少对我怀着几分歉意，谁知她态度强硬，这通电话的目的不是认错而是让我删微博，我以为自己耳朵出了问题。

"爱情不分先来后到，和谁在一起是周颢的个人选择，你们现在已经分手了，不如让大家把损失降到最小，你的微博没多少人看，你删掉，粉丝现在只是猜测，我写一篇长微博可以把这事圆回来，大家面上都不难堪。"

"凭什么？"

"你不是写专栏为生吗？你删微博，我可以付你稿费。我有经纪合约和出版合约，这样闹下去损失很大。而且网络捕风捉影，到时我们的家人朋友都会受到影响。"

她自说自话，我根本不想听："你凭什么呢？"

"你扪心自问，已经变味褪色的感情拽在手里有意思吗？你都已经给周颢发分手消息了，就不能分得洒脱一点？难道周颢这几年对你不好吗？"迟思琪突然生起气来。

理智提醒我保持冷静，于情于理都轮不到她占上风。

我克制情绪，用平和的语调说："迟小姐，从立场上而言，是你在求我。从状况来看，我是受害者，也是无业人员，事态恶劣后挨骂受损的是你，和我无关。最后从感情上而言，你和周颢伤害了我，凭什么要我洒脱，看你们人财两空名誉扫地，我喜闻乐见。我不知道你是不是从周颢那里误解了我是好捏的软柿子，才会用这种口气跟我说话，我不是。以及，微博我不删，如果有时间我说不定更新实情，反正有人想看。"

"你……"她突然软下来，性格频道切换成和她微博一样的软萌风，"永希姐，我知道你很受伤，但周颢没有拖着你，这几年也全心对你，合约什么的我可以不要，但为了周颢，我们把这件事的伤害降低到最小好吗？"

她拖着哭腔："为什么恋爱中的人不能对别人心动？既然有了更爱的人，从错误的感情中脱离才是对彼此负责任的做法，难道不对吗？"

微博互相关注里有很多熟人亲戚，自然瞒不住。

姚婧说迟思琪上个月就辞职了，周颢在公司里处境不好，请了几天病假，不过他们活该啦。之后周颢的父母也给我打来了电话，他们一直很疼爱我，即便和周颢闹成这样，也首先担心的是我的身体和心情，我十分愧疚，坦白了已经和周颢分手的事。

我删掉微博，躺在家里晕晕沉沉时，我妈说今天定休日大扫除，让我去池袋店里帮忙。我换上工作服，带上口罩穿上水靴，一丝不苟地把桌椅各个边角擦得锃亮。我妈在算账和排菜单，和我同样装束的后藤先生在拿着水管冲洗玻璃。

"每周都要全面打扫吗？"

"是啊。"后藤先生为了方便跟我说话，把水量关小了一些，"不止打扫，鲜花之类的也是每周更换，希望客人能够有好的心情享用饭菜，这也是对他们选择我们料理店的报答。"

"好厉害……"

"都是你妈妈在安排呢，她真的很厉害。"后藤先生憨厚的脸上露出羞涩的笑容，"我啊稀里糊涂活到五十多岁了，以为一辈子就这样稀里糊涂过下去，快结束的时候遇见了你妈妈，说起来很不好意思，但我觉得认识她之后我的人生终于走上了正轨，太感谢她了。"

"是这样的吗？"我惊讶于我妈有这样温柔的一面。

"是这样的。"后藤先生真诚地看着我，"我不太会和年轻女孩相处，加上你刚来的时候状态不好，我实在很紧张，但幸好你跟你妈妈一样好，有你们这样的家人我觉得非常高兴。"

我很感动，不知道说什么才好。

"你妈妈说永希今天可能心情不好，特意把店员都打发走了，说让你多干点活会有帮助。谢天谢地，你看起来状态不错，至少比刚来的时候精神多了。"

"因为家人在这里呢，我会很好的。"

接下来我们加倍用心地干活，把店里从里到外打扫得干干净净。晚饭是后藤先生下厨，好吃的饭菜装在精致的餐具里摆了一桌，在光线明亮的大厅里，我心情放松地好好吃了一顿饭。回来时，我妈打包了几份店里的特色点心，让我带给沈致远。

我敲门过了好一会儿，才听到里面传来脚步声。打开门时被沈致远苍白的脸色吓了一跳。

"你干吗？"他有气无力地看着我。

我还没回答，人情绝缘体便朝我倒塌而来。

他额头烫得很厉害。

幸福是一种心态，和年龄没有关系。

我根据指示打开沈致远的药箱，感冒清、解热止痛片、阿司匹林……药很齐全，都是 2010 年以前生产的，有的过期三四年了。

"该不会是刚到日本时带过来的吧？"

"这几年我没生过病。"

"嗯，你很厉害。"

不和病人逞口舌之快，无视一脸别扭的沈致远，我用湿毛巾包着冰块放在他的额头后去药店买了应急药。当我回去时，沈致远不在床上，正在书桌前对着电脑工作。他一脸疲倦，因为发着高烧脸上倒是有些血色，嘴唇苍白。

"明天下午有事前会议，这些资料要在今晚整理好。"他头也不回地扬扬手，"你把药放那里就行……喂，你干什么？"

"至少休息两个小时把药吃了退烧。"我不管他脸色多阴沉，把他拉离书桌。

"我说了要工作。"

"不是只剩翻译资料吗？我帮你。"

"你做不来。"

"我是专业的。"

不管他多嘴硬，我体会过生病的人内心的脆弱，没办法置之不理。督促沈致远吃完药后，我坐在书桌前替他整理案例资料。想起大三那年冬人，我在家准备日语等级考试的病倒的事。自从在医院不小心目睹了我爸死状惨烈的样子后，我对医院从生理到心理地排斥，撑了几天垮掉，半夜玻璃心忍不住给周颢打电话。

"我没事，只要听到你的声音很快就好了。"

"我是永希的药吗？"

"对啊。"我笑起来,"治百病的药。"

"好了,药送到口中才有用,你还有力气出来给我开下门吗?"

我打开门,看到黑色羽绒服里还套着睡衣的周颢,他拎着一袋药站在黄色的光线里冲我笑得温柔而怜悯,浑身上下好像也弥漫着一层毛茸茸的光。

他督促我吃完药,把熬好的粥端过来,一勺一勺地喂我喝,我的心变得很暖和。我喜欢他对其他人礼貌谦逊,只有对我才会露出温柔爱意的眼神。

"看。"我听到他的声音。

窗外,不知什么时候下起了初雪,晶莹的白色小花细细密密地飘落,城市氤氲在朦胧的霓虹里,那么静谧,那么温柔。

那时候真幸福啊,我是这样被他体贴细致地爱过。

温暖的回忆让我忍不住微笑,转念又叹息,如果他真的这样爱着我,为什么现在又能如此绝情。

"不要打湿资料。"身边传来沈致远声音的同时,手边的资料也被拿开。

"对不起。"我慌促地抹掉眼泪,"你现在怎么样?"

"嗯……"他垂头翻看资料,过一会儿看完了才接着说,"好了。"

哪有那么快,退烧了而已。知道他惦记工作,我没再阻拦。说是帮忙翻译,但很多专业术语和名词我都不太懂,沈致远需要修改很多。意外的是他没有立刻挑剔地指出错误,也没有看得蹙起眉头,他手指轻轻敲着书桌,放下资料问我要咖啡还是茶。

"我也太惨了吧,差点被小三说服了。"我端着咖啡杯自嘲。

"说明你口才不行。"

你我之间半透明

"我在想也许就是我错了。"

"你没错。"我还没来得及感动，沈致远接着说，"是傻。"

"是吧。"

我泄气地承认，换来沈致远回头看着我："还好，你是一半一半的。虽然陷在爱里就傻得要死，但也有理智冷静的一面。这可能是傻得善良吧。你只有祈祷别再遇到渣男，人生还是有希望的。"

"说实话我对周颢的品位很失望，迟思琪长得不耐看，虚伪做作，他居然会动心。"

"动心是一瞬间的刺激，谁都有让人心跳加速的时候，并不难。"

"是吗。"我不置可否。

沈致远半晌没说话，我抬眼时和他的目光撞到一起，他只是纯粹地看着我的眼睛。被他那样看着，我突然没办法动弹。他倾身靠近来，手慢慢靠近我的脸，快要碰到我的皮肤时，他手下的弧度微转，拿掉了我头发上可能是做清洁时留下的小绒毛。

"明白了吗？让人心跳加速就这么简单。"

在我没反应过来时，他已经恢复了常态，刚才的动作就像在黑板上写完一道函数证明题。

"我才没有心跳加速。"

我突然想起冰箱里还有剩下的一半草莓蛋糕，不知道还能不能吃，拿起钥匙匆匆起身回去，被门口的扫帚差点绊倒。

沈致远一副"就你这点水平"的识破表情，走过来帮我开门。

"你不要管我，我马上回来。"

"你不要再过来，我还要整理资料。"

"万一蛋糕还能吃呢……"

有人打断我们的争执。

在我的公寓门口，不知道等了多久的周颢从阴影里走出来。

"永希。"他叫我的名字。

我怔怔地看着他，手里的钥匙掉落在地。

8

剩下一半的草莓蛋糕外表依旧华丽，近看时能看到奶油已经褪去光泽变硬了，表面有了很多小霉点。霉变食物中含有黄曲霉毒素，不能吃了。

房间里空荡荡的没剩下什么可招待的，加上时隔一个月的再会，与周颢单独待在房间里我绝对不能正常发挥，于是想出门找家店坐下聊，结果没有合适的地方，两个人沿着东京湾的海滩走，穿过人群密集之处后，在一棵大树下坐了下来。

在往来的人眼里，我们应该和海滩上的其他情侣无异吧。事实上，除了坐下时我忽略了他伸来的手以外，我们非常普通地说着话。

"没想到会和你坐在东京的海边。"周颢说。

"嗯。"

"生活习惯吗？我总担心你不能好好吃饭。"

"我怎么能好好吃饭呢？"我反问。

周颢停顿了一下，解释了一直没有回复的理由。

"收到你的消息后，我不知道怎么回复，觉得必须当面解决，所以过来了。我联系了阿姨拿到你的住址。也见到了后藤先生，他看起来人不错。"

你我之间半透明

听周颢这样说时我悲喜交加，但没有思考真假，也不想思考。人只要继续想下去，就只会相信自己脑袋里的答案，听不进别的了。

即使我深知，他此时出现已经不能解决任何事了，但当他坐在我的旁边，用我熟悉的温柔语调说话时，不管此前他多么绝情，我还是想好好听他说到最后。

"大概去年冬天，我和迟思琪因为工作往来增多而熟悉起来。她看起来可爱开朗，其实家境很糟糕，只是独自承受而已，她逞强的样子让我放心不下……我不知道怎么回事，以前只要想到你在家等着我，就想赶紧回去。那段时间突然觉得，你一直在家等着我呢，不用那么着急也可以。也许是太过安心和自信，渐渐松懈了，目光被周围的世界吸引。因为新鲜，好奇，刺激，被她的笑容感染了，没能拒绝，到最后……"

我认真看着他，周颢顿了顿继续说下去。

"四月她给你发照片以后，我真的很怕失去你，所以跟她说了不要再见面。她没有吵闹，默默在背后关心我，而那段时间我回家后面对你压力很大，对她的温柔割舍不了。公司周年庆那晚她喝多了，哭着说没有人爱她，她告诉我她好几次试图割腕，但家里有一堆人照料，她不能那么做。她抱着我问能不能爱一下她，除了我没有人爱她了。"周颢移开视线，懊悔中更多的是愤怒，"后来我发现她骗了我，当时她阴差阳错在网上有了人气，又有公司跟她谈合作，她因为这个决心把我抢过去。什么家庭破碎之类的都是胡编的，我最近才知道。

"所以呢？"

"永希，我没想过要和你分开，没想过你会真的离开我。即使你离开家以后，我也想着你气消了一定会再回来，我只需要等待。当我独自吃饭，独自打扫，独自整理着属于两个人的衣柜，独自睡在两个人的床上时，真的非常孤单，原来那些普通的日常这样乏味，只是因为你和我一起完成，它们才变得珍贵。也许这样说不好，但经过这次后，我更加清楚了什么最重要。永希，对不起。"

周颢看着我，眼睛里泛着泪光，让我的心也跟着痛起来。

"当你和她如胶似漆的时候，当你冷酷地对我置若罔闻的时候，你真的清楚什么最重要吗？"

"对不起永希，我为过去这段时间的所作所为向你道歉，也保证以后不会再发生类似的事情，我不能没有你。"

"其实我现在没有太怪你为别人动心，被那样的女人主动靠近时，男人都很难拒绝吧。"

我是因为泄气而说的这种话。就算周颢保证，谁又能说得准呢？正如我以前没有想过我们会有这一天，结果还是来了。

"虽然我这样说不好，但女人面临相同情境时，也很难克服。"

我看着周颢："你是在说我？说我和沈致远？"

"我不是那个意思。"

"如果我说是的，我和他就是你想的那样呢？"我按捺住不快，继续平静地看着周颢。

他没想到我会这样直白，但当他误以为我和沈致远发生过关系的时候，他没有生气，没有震惊，而是精神松懈表露出微妙的如释重负，这让我觉得很可笑。大概他是因此认为，自己的愧疚少了几分，而同样出轨的我能理解他当时的心情了吧。

"我没有资格指责你，也不会怪你，过去的就过去了。我不知道是不是所有感情到一定阶段后都会面临某种问题，也不知道克服问题之后又能维持多久，但是，能让爱持续下去的，一定是想爱的心。"周颢抓住我的手，"永希，对不起。我还想继续爱你，你可以继续爱我吗？"

因为被他紧紧抓住了手，我再次感受到了周颢的温度，而他热切注视我的目光，让我没出息地心跳加速。曾经因为他选择爱我，我想用一生去回报。也许是我把他完美化了，又或许是因为受到家庭的影响对人的信任能力很低，当我看到照片的时候，打开门发现他没有彻夜等候的时候，我到东京他没有坚持不懈请求原谅的时候，收到分手消息没有立刻反驳的时候，我不能接受他这样的反应而变得沮丧愤怒，信心崩溃，但此刻我都释怀了。

"我原谅你。"我是真心这样说。

周颢说得没错，能让爱持续下去的，一定是想爱的心。这在被冲散后再次凝聚的原因里，远比选择、轻视、逃避、远离更为强大。

可是这些都不再适用于眼前这个人。

我终于明白，我们之间就像那块已经过期的蛋糕，最好的时间过去就过去了，即使外表看起来无异，但细看时已经长出无数的霉点，内在变了质，再好也只能遗憾舍弃。

我看着表情欣喜的周颢，继续说道：

"但是对不起，我不可以继续爱你了。"

9

房间里闷得慌，我去阳台透气。

过了一会儿，熬夜加班的沈致远也出现在他家阳台上。

"结束了？"我是指工作。

"嗯。"他看向我，"结束了？"

"嗯。"

从青春开始的长达八年的感情，差一点就白头偕老的感情，就这样结束了。

我知道这段感情不能再要，但转念一想未来不知道会遇到什么样的人，要从"你好"开始认识，慢慢了解，适应，磨合，争吵再和好，到最后也许只是现状再次重来。太无力了，我想暴哭一场。

"沈先生，我真羡慕你，真的。"我发自肺腑欣赏他干净利落的人生观，"你说像我这么傻的人生存的意义是什么呢？你们那种机智狗是不是觉得特别好笑？"

沈致远没回答，食指敲着栏杆，在寂静的夜晚发出有节奏的轻微的声响。

"想跳下去，也想喝酒！"我语无伦次，"一辈子太长了。"

"傻小姐你困不困？"他突然问。

"嗯？"

"你有三分钟换衣服的时间。"他说。

我以为要去便利店买酒，结果沈致远摁了 B1 的车库，接下来我不明所以地被塞进副驾驶座，直到车开出很远才反应过来。

沈致远只顾开车，我也懒得问是不是绑架。两人不说话漫无目的地往前开，到了岔路口，他会问我喜欢哪个方向，"左"，"右"，"前"……我随口瞎指一通，就这样越开越远。

不知道凌晨几点的时候，我们停在一家罗森门口，还穿着拖鞋的我和衣服有了折痕的他邋邋遢遢地进去吃了两桶泡面，再打包了两杯现磨的黑咖啡继续上路。陌生的风景和路标从视线里迅速闪过，我看着天空从墨蓝变成鱼白，从鱼白变成红色，从红色变成蓝白色。路灯的光渐渐被清冽的晨光所取代。

我想起高考完后的那天晚上一群人去狂欢，最后大家喝得东倒西歪躺在 KTV 的包间里，周颢带我溜出去，用自行车载着我在城市的夜晚漫无目的地前行。我记得我抱着他的腰闻到草木上露珠蒸发的清新味道里有玫瑰的香气。我轻轻哼着《天空之城》的调子，周颢配合吹着口哨。我问他去哪里，他说我们开往黎明去。现在想来，年少成诗，终归远去，毕竟美好过，也就够了。

我脑子里想着很多事，不知何时疲倦地睡了过去。

我在交谈声中睁开眼睛，天色已大亮，迷迷糊糊看了周围陌生的环境一眼，只辨别出三岛的地标。

沈致远正在给车加油，之后停进驻车场里，我们下了车。

三岛在伊豆半岛中北端，属于静冈县，是一个适合散步的城市。我们用谷歌地图查了一下，发现离三岛大社不远，据说那是伊豆半岛最大的神社，便决定过去看看。

在三岛大社的鸟居前行过礼后，我们踩着参道的小石路走进去。此时神社内很安静，前来参拜的老年人居多，在手水舍里，我们学着他们用木杓净手漱口。先用右手拿起木杓，从水盘中汲水清洗左手，将杓交到左手来清洗右手，然后将木杓放回右手，倒一些水在左手心里用以漱口。再清洗一次左手，双手扶着木杓将它竖起，让木杓中的余水顺着杓柄流下清洗杓柄，最后轻轻地放回原处。我心无旁骛，慢慢重复脑海里

抓住真正让你高兴的东西，不要被外界的评价左右你的人生。

的每一个动作，心境平和。

我们去正殿参拜，将准备好的五日元扔进钱箱，行了二礼二拍手一礼，双手合十闭上眼睛时，我的脑海里却一片空白。我应该有过很多愿望，也有过很多疑惑，它们始终像模糊的影子在我脑海里浮游。如今，那些缠绕了我很久的东西逐渐变得清晰。爱与不爱，信任与欺骗，现在与未来，我不想再去深思熟虑地探究。这段时间以来我有种深刻的感觉，就是人的情绪可以变化如此之快，理智和心理建设如此不堪一击。我像个不会游泳的人在幸福和悲伤交替的巨大浪潮里浮沉，即使上一秒浮出水面，得以呼吸的瞬间，很快又被卷入下一波悲伤的巨浪里。既然如此，不如索性不再执着，清爽地进入下一个阶段，看生活的巨浪最终会把我推向哪里。

我松了口气，精神也好起来。听从抽签处大叔的推荐，排队四十多分钟吃到了有名的鳗鱼饭，之后去了三岛 Skywalk。因为天气很好，在大吊桥上能清晰地看到富士山，骏河湾和伊豆的群山也尽收视线。桥下有很多笔直生长的树木，我看了很久，不能辨别出是什么树。沈致远在身后催我快点向前走。

"避免你从家里跳楼才带你出来，我可不想你在这里纵身一跃。"他说，"毕竟被警察盘问很麻烦。"

出于女人的直觉，我从他的表情和口吻里嗅出些什么东西来，有些八卦地追问。

"有个和你差不多年纪和性格的女生，我们是同学，后来她因为感情自杀了。"在我瞪大眼睛的注视下，沈致远接着解释，"不要臆想关系。我念大学时曾在一家事务所实习，受认识的记者所托去过她家里一次。公寓前尽是记者和警察，邻居出门都不方便。"

……我要是跳楼，他出门会不方便。

我对着富士山深深吸了口气，感叹道："我发现啊，即使不知道目的地在哪里，但只要一直往前走，总会发现一些好地方。何况鳗鱼饭那么好吃，我可舍不得死。"

其实我知道的，整件事铺展来看待只是我爱的人不爱我或者不再只爱我，这样简单的事件而已，却强大到足以搅动和颠覆着我的人生。那是因为我沉浸在爱带来的平稳与有枝可依的安逸里，心安理得地放弃了对其他世界的探索和想象。

我第一次为感情上摔这一跤感到庆幸，因为痛苦和迷茫，才学会了忍受和清醒。而在我存活的微小壳外，还有更广褒的世界，在那个世界里有很多我尚未察觉但相遇后会点亮我生命的人和事物。

回程途中，我埋头把微博内容一条条地删除，五年里两千多条内容，一点一滴尽是温暖的回忆，看得我忍不住微笑又忍不住掉眼泪。既然这份爱已经走出岔路，接下来就只能各自努力了。我不忍周颢继续被陌生人骂，只想把他好好归还到他原本安静的人生里，也算被他贴心照顾这么多年的回报。

都过去了。

这样想的时候，我已经不再只沉湎于失去的痛苦，而是期待未来的来临了。

10

放下之后，就不再害怕面对。

感情纠葛理清了，还有很多事情等待解决，比如放在周颢家的东西，比如国内的工作，比如担心着我的朋友……我保证能处理好这些事情，于是后藤先生帮我订好了回国的机票。

"你回去我就安心了。"沈致远说。

"你再说，我现在就去跳楼给你看。"我白了他一眼。

"不过这次真的很谢谢你，要不是你，我可能没办法这么快走出来。"我认真地说道，"经过这次之后我觉得还有很多东西值得学习，也还有很多世界值得去看。就像你之前说的，太过狭隘才会不堪一击。如果注定在一起的人，未来几十年还有更多战斗，为了将来能牢牢抓住幸福也该努力。我啊，为了好好做一名翻译，明年也许会来这边继续念书，到时继续做邻居吧。"

沈致远蹙起眉头，表达了并不乐意。

"回想前不久你快要死的样子……"

"我现在相信一点，你孤独生活的原因不是你拒绝别人参与，而是反之。"我语重心长地说，"等你爱过一个人，就明白我的感受了。"

"你怎么知道我没爱过人？"

"啊？"

我瞪圆眼睛望着沈致远，他又闭口不谈了。

"你打算一直待在日本吗？"我问他。

"不，"沈致远说，"之后打算去加拿大，地广人稀，开车比较爽。"

是啦，对于当初因为分不清楚洋人长相而选择日本的他，为了怕出门不方便而开导我不要想不开的他，也不奇怪他一时兴起为了好兜风而去加拿大。不过现在换国家生活不同于大学时选择专业那么简单，他就业的领域在加拿大未必行得通。

"想得越多顾虑越多，结果一事无成，成年人的通病。"

后来我才知道他早就开始学习相关的法律课程了，底气足的人说话轻松，真正有能力的人在哪都能活下去。就是这样的沈致远，才让人感到格外安心。

即使如此，我想，他闭口不谈的爱情，有一天也会有人知道吧。

而那个人会是谁呢？对此我很期待。

随后我去了便利店和朝仓告别。

"要保持联络哦，等你明年来东京时我们再一起吃草莓蛋糕吧。"朝仓笑起来，一如既往的可爱。

"真的谢谢你。"我发自内心地说。

我带着行李去我妈和后藤先生的家住了一晚，晚餐是两人合作而成，尽是我喜欢的菜。三个人同时起筷，开开心心地一起吃饭。

隔天，我独自去往成田机场。途中因为不舍而伤感，但转念留恋的人依然在这里呢，我还会再回来，就又高兴起来。

如果迟思琪没有给我发照片，又或者我一直没有察觉，我和周颢的人生又会怎么发展下去呢，也许我们顺利结婚过着朴素的幸福生活，也许在某个路口因为潜藏的问题走散，全都是谜。

也许很久以后回想起现在，也许嘲笑，也许感慨，但因此与人建立起的关系，因此接触到的新的世界，因此让我胸腔里跳动的心对于爱和幸福的感知变化，都让现在的我抱着感激之情。

车窗外，明亮的阳光普照着大地，整齐的建筑和绿色的麦田快速经过，带着我驶向下一个未知。但我不再迷茫，也不再害怕，无论迎接我的将是什么。

他是最好的男朋友，而爱让人永远心怀侥幸。

萤光

你我本是路人,
因缘顺路走一段,
但相遇时已具备的出生、
性格、见识、价值观、
行事方式早就决定,我们
能共走的路只有这一段。

你我之间半透明

1

没想到会这样结束。

跨国恋情已半年不见，谁料彼此想到一处，在同一个周末搭上去往对方的飞机。等男生一番周折再回来碰面，假期余额不足，惊喜和约会全部泡汤。

仅剩的三小时相处时间里，没有口角，没有争执，话题兜兜转转一圈，觉察有什么朝着不可挽回的方向下坠。

"就算为对方好，结果也会受伤。"

"差距太大，费力协调人生步伐也很难走同一条路。"

"不希望彼此做出牺牲。"

"要不然……"

终于落到"分开"这个词上。

整个过程平静得过分，随后两人陷入了漫长的沉默。

午后的咖啡馆里座位空着两三成，巨大的花型吊灯和深色系的装潢物件柔和着室内光线。空调开得很足，咖啡和点心的香气在空气里漂浮着，混合着说话声。

"就这样吗？"

月萤收了收腿，低头看手机。

两点半。

她的时间排得很满。

五点的飞机，抵达东京羽田机场时大约晚上九点，还要搭一个半小时的电车去店里。她今天有晚班，从晚上十一点到早上七点。

肖实没说话，只是看着她。

"那么，就这样吧。"

月萤喝完最后一口咖啡，用拇指细细擦好陶瓷杯边缘的唇印后轻轻放回杯垫。

她喜欢这家咖啡店的杯子，南瓜纹理金色描边的英式风格，雪白的内壁印着金色的皇冠 Logo，一共有白、蓝、绿、粉、紫五种颜色。诡异的是，她至今没用过一次绿色，不禁有点遗憾。

还好，人生本来就是由遗憾组成的。

接下来，月萤在肖实的注视下抓起桌面的手机起身，椅子被推离原位的同时，空着的右手麻利地拉出一旁行李箱的拉杆。

万向轮材质普通，与地面摩擦出哗啦啦的噪音。

月萤一边与望来的其他顾客们轻微点头示意抱歉，一边走出了咖啡店。

直到她的身影经过落地窗外，肖实一直弓着的肩线慢慢用力，侧身，隔着玻璃继续看她。路口亮着红灯，拖着箱子的月萤停下脚步，瘦小的身影混在渐渐汇聚的人群中，个子矮又骨架小，背却挺得直直的，惹得

你我之间半透明

人总想从身后抱过去。

如果月萤此时回头，会与肖实的视线重合，就像多年前一样，也许结局会有别的可能。但月萤没有。

就这样吧。她跟自己再说一遍。

绿灯闪烁，月萤头也不回地去往马路那头。

五年的感情就这样画上了句点。

2

第一次遇见肖实是五年前。

月萤十九岁，英语专业的大一新生，每周三天在学校食堂勤工俭学。马尾白 T，素面朝天，吃不胖的体质显得有些营养不良。

那天已过饭点，食堂里只剩稀稀拉拉的人，收完盘子后她被叫去清洗玻璃窗。月萤全神贯注与一块顽渍战斗，没注意里面有人落座。当她满意地往玻璃窗浇出一瓢水时，里面的人刚好拉开窗户。

肖实运动细胞发达，也没能逃过这一劫。

他向来干净整齐，而此刻头发、脸、深蓝色卫衣上，黑黢黢的水迹还伴伴下淌。但狼狈的肖实依旧是好看的。

两人目瞪口呆地对视。

"没事。"他缓了缓神，波澜不惊的目光证实没有口是心非。

月萤意识到自己身上穿着领口发黑的白色工装，难看的头巾下是被油烟腻到不行的头发，惊吓慌张紧张之外，尴尬和羞愧让她想立刻从世界上消失。

　　她想做点什么挽尊，打量一番后不能豪气地说出"赔你一件新衣服"这种话，懊恼地坚持会帮他洗干净。

　　脑残剧中毒的女生最麻烦，满脑子不切实际的幻想，给她一个笑脸，她就误以为自己是女主角上演各种狗血剧情。肖实这样想着多了几分防备，蹙起眉头看着月萤。

　　肖实不说话，让月萤的懊恼急速膨胀，一把推开窗户满脸通红地瞪着他。全然不明白女生为什么突然生气的肖实想的是里面穿着衬衫，卫衣不要了扔给她脱身。末了，恶作剧的念头却冒出来。

　　为证实自己想法一般，肖实掏出手机问月萤："接下来是不是要留个联系方式好还我衣服？"

　　但剧情出了差错。

　　等来的是月萤尴尬地回答："我……我没有手机。"

　　再见面是一个月后。

　　夏季的阵雨劈头盖脸地砸下来，原本和室友约好六点保龄球室碰面的肖实暂时躲进屋檐下避雨。过了一会儿，有人从雨里冲过来站到他旁边，余光里看到个子小小的女生正扑哧扑哧拍着环保袋上的水滴。

　　"是你？"

　　即使被对方这样询问，肖实对着女生陌生的面容仍没有任何头绪。

　　直到月萤从环保袋里掏出另一只袋子递过来，肖实看到那件深蓝色卫衣想起食堂倒霉事件的同时，也想起她说的那句"我没有手机，你下周二就在这里等我，我还衣服给你"。全忘记了，自然没去。

　　"你一直带在身上？"肖实看着衣服。

你我之间半透明

　　"那天没见到你，想着万一在学校里碰到好还给你。"月萤对被放鸽子一事没放心上，对上男生狐疑的视线时满意地笑，"看，这不是碰到了吗？"

　　月萤这天穿着纯色的T恤和牛仔裤，虽然被淋成落汤鸡，倒是干干净净的。雨水顺着发尾往下滑，滴下脖颈间，落在清晰的锁骨上，亮晶晶的，下一秒被她抬起的右手轻轻抹去。

　　"你问我的名字就好了，要找的话很容易找到的吧。"

　　年级里很少有人不知道肖实的存在。

　　"我不知道你的名字。"月萤看着他，"你也不知道我的名字，不是吗？"

　　肖实被反将一军，语塞地看着月萤。

　　为了拉开两人间的距离，女生不自觉退到台阶边缘，小半肩膀露在外面，T恤湿漉漉地贴在身体上，内衣的线条若隐若现。浑然不知的她眼神纯粹地看着他，带着几分骄傲的孩子气。

　　"肖实。"

　　"肖像的肖，现实的实。"

　　他一边解释，一边伸手把月萤拉进来一些。

　　手触碰到女生的肩膀，温柔的暖意迅速蔓延。

　　紧接着，那件宽大的深蓝色卫衣从背后覆盖而来。

　　"雨下了好一会儿，有点凉。"

　　月萤抬眼，穿着白衬衣的肖实已经转过脸望向远处。

　　雨水混淆了霓虹与夜色，城市流光溢彩。

3

曾与你相识，大雨倾盆，错落光影，狭窄屋檐下筑了冰冷现实的温柔一梦。

往后每一次想起，眼眸里涌出柔情，忍不住嘴角轻漾。

往后每一次想起，已没有你，只剩我独自回忆。

4

梅雨季节的东京，晴意难测。

月萤下课后急匆匆赶去居酒屋，站在门口抖落伞上的雨水，小心翼翼地收进白色透明的伞袋里。换好衣服打完出勤卡，和忙得团团转的大家简单打过招呼，店长把装得满满当当的托盘放在柜台上，月萤熟练地端起去往客人所在桌，就这样开始一整晚的打工。

周五的居酒屋几乎都是提前预定好的聚餐，浩浩荡荡而来的上班族一群连着一群，店里的空余之处被喧嚣声和酒杯的碰击声填满，一直到凌晨一点才逐渐褪散。

送完最后一桌预约的客人出门，店内只剩几桌散客。月萤揉揉笑僵的脸，感觉视线终于清晰了几分。跟领班示意去洗手间，确认此时无人在内后，月萤坐在马桶盖上拿出震动多时的手机，上面显示的是妈妈。

"女儿啊你总算接电话了。"

听到妈妈委屈的声音时，月萤心里一紧。

"我告诉过你周五晚上我很忙，没办法用手机。"

你我之间半透明

"但我实在不知道该跟谁说，心里憋得慌睡不着，头痛得厉害。"

不等月萤开口，妈妈已经在那头说开了。

"今天去跟陈家人吃饭，那边一来就说要在县城有房子才考虑，问我们什么时候买房买车。天啊哪有这样的人，卖女儿来了是不是？再说陈家女儿也不怎么样，又胖又矮，尽把桌上好菜往自己面前转，吃完了连声叔叔阿姨都没好好叫一遍就走了，没点素质，你说气不气人？"

月萤家在县城郊区，一家四口住在很旧的五十平米的民房区里，厨房和洗手间公用。家里承包了几亩地种药材，地里不忙时爸爸跟着大伯去跑点水果生意，妈妈做家政清洁，直到三十岁一直盼望的儿子月鸣出生，被告知先天性呆傻。月鸣性格温和，被月萤教得基本能生活自理，只是永远无法独当一面，于是刚过十八岁，急不可耐的父母已经张罗着相了好几次亲，今天吃饭的陈家是第四个。

"这样下去你弟弟可怎么办啊。"妈妈接着说，"现在女方都势利眼看重房子，我跟你爸商量了下，想说要不在县城先按揭套清水房，不然相亲时根本抬不起头，但首付最少得二十万，上哪儿拿这笔钱。我刚才琢磨着要不你问问肖实，他家不是开公司嘛，能给你弟弟找份轻松活干着也成。"

"妈，钱的事我会想办法，你别担心。还有……"月萤揉揉太阳穴，缓缓出口，"我和肖实分手了。"

七点换班，月萤拖着一身汗臭味乘电车回家倒头就睡。闹钟在十一点把她叫醒，洗澡洗头整理好课本已经十二点十分，她下午第一堂课是十三点二十分开始，今天轮到她做课题报告，四十分钟的电车上还要抓紧时间查一些日语单词的读音，下课后赶去家附近的超市打第二份工。

便利店原本明晚值夜班的同事临时有约会，店长说如果她能找到换班的人就同意请假。月萤翻了手账本确认后同意替她出勤，于是皆大欢喜。

店长打趣说月萤是大家的救星，无论什么时候都在，也好奇她怎么所有时间都在，似乎从来不约会。

"月萤有男朋友的啦！"同事说，"特别帅的男生呢，我上次有偷偷看到照片。"

"真的吗？原来是这样啊。"店长接过话题，"我就说这么好的女生怎么会没有男朋友……"

"现在没有男朋友。"月萤细心把台面擦完一遍，一边折叠毛巾一边笑着说，"回国时分手了。"

之后在朋友圈里回复国内朋友的评论时，也同样轻描淡写地说出这件事。

共同好友里有人立刻回过来一句："你们果然分手了？"

不是"怎么会"，而是"果然"。

两人在一起之初就不被看好，甚至有不少人为两人什么时候分手而暗地打赌。在扼腕叹息的旁人看来，自始至终月萤平静得过分，没有哭哭啼啼，倒像松了口气，没有丝毫遮掩地告诉其他人。

大学的同期生得知后一致惊呼："天哪就这么点破事儿，你怎么舍得跟肖实分手？为什么为什么为什么？！"

而妈妈在电话里的反应是："情侣之间哪没有点矛盾。你是女孩子，撒撒娇服个软就和好了，肖实这么好的男朋友上哪找第二个去？"

挂断电话前不放心地继续叮嘱："你弟弟这边够我头痛的了，你别添乱，明天就去跟肖实和好听到没有？"

之后几天只要微信来新消息，无一例外都与肖实有关。

几百年不联系的高冷女神黄梓琪从通讯录里诈尸，以堂妹有意留学日本为由询问一番，话题最终落到"你和他真的分手了？"上。

月萤在研究室里忙着写期末报告，手机调成静音，面朝下反扣在桌面，终于清静。一直在另一个角落里没动静的俞芥从屏幕里抬头看过来："我倒有点好奇了，你男朋友到底何方神圣？"

大学里美女如云，如黄梓琪这般觊觎肖实几年的不在少数，至于当年肖实怎么突然牵了月萤的手，至今是谜。

5

和肖实一起躲雨后的第二天，月萤在阳台上洗衣服时回忆起细节，肩膀似乎还是暖的。此时对面寝室的黄梓琪来敲门，说是化妆时眼影盘摔碎在地要问唐苑借。

"妆化得这么精致要去跟哪个男生约会？"

"哪来约会，系团委会聚餐。"

"啊——因为肖实在啊！"唐苑拉长尾音，"男才女貌又是高中同学，全年级就你最有胜算成为肖家媳妇。"

话虽如此，等黄梓琪转身回去，被其他人追问肖黄进展的唐苑耸耸肩："我觉得黄梓琪有点玄，肖实要是有意高中就和她在一起了，用得着拖到现在吗？不过肖实那个人是个笑面虎，看起来温吞，没人知道他在想什么。"

对面铺立即接腔："我看还是程珂更胜一筹，同是艺术系近水楼台，

"你每次说分手时我都很难过，难过的不是分手这件事，
而是我知道你之前一定为此挣扎痛苦了很久。"

你我之间半透明

虽然外貌略逊于黄梓琪，但气质财力完全秒杀黄。再说家族企业联姻才是豪门首选吧？"

从不插话的月萤按捺不住好奇，从门口探头望着大家："你们在说肖实？肖像的肖，现实的实？那个肖实？"

"除了他还有谁。"

"他怎么了？"

寝室里沉寂片刻，有人笑出了声。

"百岛集团啊，全国到处能看到的 XX 连锁酒店也是他家的产业之一。军训时错过大巴开兰博基尼来报道，就因为他住宿舍，他妈妈手一挥捐了所有宿舍的空调。"唐苑说，"十年寒窗不如肖家媳，你没听过吗？"

这才明白他眼中防备的含义，才明白那句"你问我的名字就好了，要找的话很容易找到的吧"的含义。

前一刻，他拉她靠近一点时的暖意还在体内蔓延，此刻已经冷却遥远。

月萤怅然若失。

流言蜚语是穿堂风，凉一点，摸摸手臂身体就回暖了，无情的是现实处境。

食堂出了食物中毒事件，一夜间一百多个学生拉肚子，二十多个严重到住进医院。学校立刻采取措施，三个食堂全部歇业清查整顿，并承诺下月中旬会给大家发一定的生活费补贴。少了一半经济来源的同时增添了吃饭花销，存款交完托福报名费后所剩无几，月萤计算着余额，省掉早饭，中晚餐靠泡面或者菠萝包度日。至于饮食地点，想来想去最安心的是四教天台。

月萤抱着面包和饮水杯走进空荡荡的转角时，被动静吵醒的男生正好抬头看过来。对视了一会儿，肖实自觉挪出点位置。"是遥远的人。"脑子这样定义时，面对他那张脸已经不会紧张了，月萤大大方方顺势坐下来。

"你不去吃饭躲这里睡觉？"

"寝室聚餐，吃了八百遍的韩国烤肉店，没什么胃口我懒得去了。倒是你，女生不是去洗手间都要牵手的团体性动物吗？你跟寝室的人不和？"

"没什么和不和，阶级不同。"

肖实看过来。

月萤想了想："她们找好吃的餐馆，好玩的 KTV，假期一起去旅游，这些我都参与不了，交流衣服化妆品的牌子我也一个不懂，勉强凑上去彼此都累。平时借个笔记答个到没问题，相安无事是我们之间能维持的最好关系。"

"你挺坚强，至少比看起来强。"

"求生而已。你们这种天之骄子不需要。"月萤撕开菠萝包的塑料袋，面包的清香弥漫开来，"我要是你，吃八百遍烤肉也不会腻。"

"听说了？"

"听说了。不管你信不信，我之前真的不知道你很有名。"

"有名。"肖实重复一遍，笑。

月萤不喜欢唐苑她们背后讨论的语气，结果自己对着他本人时却说了奇怪的话。他明明没做错任何事，女生心里却莫明憋着一股幼儿，不知道在懊恼什么。

歉疚涌上心头："对不起。"

"为什么突然道歉？"肖实还是笑的表情，看着月萤，说，"腻的不是烤肉，是虚伪的人情和没营养的话题，反正最后也是我买单。"

他的语气和表情永远是温和的包容的，此时月萤心里涌出奇妙的感觉，他的轻描淡写之下，或许有着和自己相似的隐忍和无奈。不同的是，她忍的是现实的冷酷，他忍的是现实的虚伪。他们是这样不同，却又莫名地穿过云层之后，在另一个彼端有了相融的小宇宙，这让她感到温暖亲切，又怅然心酸。

在心照不宣的漫长沉默里，视线放远，夕阳已染红天际。钟楼准点敲响的厚重音感传开时，附近琉璃瓦上休憩的一群鸽子振翅扑散开来。

月萤不知道的是，那天她掰开菠萝包分给男生一半时的微笑才是定格在肖实脑海深处的记忆。

没什么具体情节，却有了微妙的维系。

学校里遇到时会隔着人群点头打招呼，毛概论的公共教室里遇到时肖实自然地坐到月萤旁边。一个月后食堂重新营业，月萤端着一堆托盘颤颤巍巍往清洗处走时，原本和其他男生吃饭的肖实不知什么时候出现在眼前，一边说着"这么多你也不怕摔"一边已经顺手接了过去。

"小心你的衣服……"月萤来不及制止。

"脏了你洗。"肖实笑笑。

落入旁人眼，一举一动暧昧得过分。

原本就不合群被私下各种诟病，一旦招惹上嫉妒心，攻击就发了酵。

期末的英语专业课考试上，被临考老师盯了好几眼，在他终于朝着这边走过来时，月萤意识到不妙才收起摊开的卷子，但交卷后依旧被唐苑等人阴阳怪气地刁难。

"又不是高中考试，明明大家互相帮助合格就行，不明白某些人那么在意名次做什么。"

"为了奖学金呗，毕竟穷。宿舍空调一不留神就被关掉，热得我都出痱子了。"

"考得好不会做人有屁用啊。开学时某些人主动申请做临时班长，从军训到收集新生资料，起早贪黑忙大半个月，结果投票连个'正'都没拿全。"

"你们别这么说，人家现在正卯足劲攀高枝呢，之前还装作一副不知道高枝是高枝的模样，这种装纯情的心机婊说不定哪天就麻雀变凤凰成了肖家媳妇呢？反正梦是要做做的嘛哈哈哈。"

一群人指桑骂槐越说越开心，直到有人看到不知靠在门口听到多少的男生时，咳嗽几声示意，大家一时转移不开话题陷入尴尬的沉默。

肖实穿过人群，长腿几迈，停在戴着耳塞专心复习的女生面前，躬身靠近她耳边了什么，月萤没反应过来，已经被伸来的手拉着出了教室。

在此之前，月萤人生最辉煌的时期是在高中，从未失手的年级第一，全国英语竞赛一等奖，抱着奖杯笑得一脸局促的照片至今仍在高中的橱窗里展示。

被爱才是人生最辉煌的事，于是月萤的辉煌事迹在那一刻被刷新。

周围的喧嚣声消失，其他一切变成虚焦的背景，视线里只剩下他挺拔的背影。

男生的手握着她的手，慢慢变成十指紧扣。

6

月萤交完期末报告后得了一天空，去银行给家里打钱。

你我之间半透明

拿了号在二楼大厅坐下，前面有十二个人。三十张一万日元整整齐齐放在手袋里，鼓鼓地撑开了手袋上的笑脸。去年气候干燥到药材苗发不出来，家里欠了四万的债。月萤打两份工，加上奖学金盈余，断断续续给家里打钱。今天这笔给完就清了。月萤靠着椅子觉得倦，不知不觉阖上眼。

月萤做过的最长最美的梦，是肖实。

大二开学，月萤去财务领了奖学金，请肖实吃饭，在他吃了八百遍的烤肉店。肖实当然没打算真让月萤请客，女生却放下筷子郑重说不许和她抢买单，理由是他好意帮她，她不能不记情。"也许你不在意别人怎么看，但选择和那么多人对立站到我这边，你人很好。"她眼睛圆圆的亮亮的，像只严肃的小狗。

无论牵手时以怎样的频率心跳，但她明白他们是两个世界的人，出手拯救只是出于善良的英雄主义。她没抱多余的幻想，其他人依旧觉得她心比天高对肖实虎视眈眈，装可怜和卖坚强女主人设在现实里并不讨好，尤其在女生之间。在八百米测验上月萤扭伤脚，黄梓琪和唐苑撇开视线，其他人默契地视而不见。月萤跟体育老师摆手说没事，独自一瘸一拐去医务室。

值班老师是和学生打成一片的大姐姐型，熟知校内各种八卦。因为月萤勤工俭学时帮她不少忙，两人算熟络。

扭伤了脚踝，骨头凸起来很大一块。

她给月萤擦碘酒时说恐怕要痛好几天，住六楼寝室很不方便，聊着聊着，引爆月萤和大家关系的点落在肖实身上。

"你们这些小女生哦，为个男生搞成这样，跟演偶像剧似的。"

"和肖实没关系。"月萤忍着痛，"人缘不好是我的问题，我一直都是一个人。"

"年轻人的问题交给年轻人解决。"值班老师收好剩余的纱布，起身对着月萤身后的人说，"我去开会，接下来交给你。"

月萤下意识回头，看见肖实。

等值班老师出去后，男生在对面坐下。

"有人通风报信，正巧在附近。"肖实看着月萤的脚踝，"人为还是事故？"

"别搞得跟狗血言情似的，我自己绊倒的，绝对事故。"

九月初，光线从窗外涌入室内，静悄悄的。肖实刚剪了头发，穿着简单的黑色 T 恤，搭在椅背上的手指骨节分明。月萤移开视线，打算起身回去。

"你这样怎么走？"

"没事。"女生不以为意地摆摆手，"高三一模前我被车撞了，骨折都能按时卜下课，这点算什么。"

"我送你。"

不容分说地，他的手已经搭在她的肩膀上，距离太近，像被拥进怀里。月萤大脑短路，一路上组织不出合适的句子应对时，肖实突然说话。

"我有个哥哥，什么都很好，念书时也在剑桥拿全奖。因为他在，我算是放养长大，即使我不念书，只要按照安排去做，一直都能升入最好的学校。"

他顿了顿，接着说："什么都不做，也得到了别人想要的。尊重、羡慕、好人缘，我不知道这些东西是什么，但我知道我在他们眼里是背景是条件，从来不是肖实。从某方面而言，我们一样，一直都是一个人。所以，我不是同情你，也不是英雄主义。"

肖实停下脚步，垂下视线认真看向月萤。

"我希望在你身边，也希望你在我身边。"

就为他这一句，月萤打定主意，即使与全世界为敌也要留在他身边。

结果证明果然偶像剧中毒太深，误以为会遇到的磨难并没出现。

肖实和月萤在一起成为众所周知的事实之后，大二上学期过去不到一半，来自女生们的敌意如风消散，舆论风向调转，月萤如同回到高中时代，自强不息的形象让她走到哪里都能把背挺得直直的。因为肖实开车去月萤家附近接过她一次，"交往了了不起的男朋友"传开，周围邻居也客气了几分。

约好了似的，都只在背地里默默等着看她被甩。

谁知道两人谈得安安稳稳，连架也吵不起来。

从狭窄简陋的房间里醒来时，她的梦想是有一天一家人住进宽敞明亮的自带厨房洗手间的房子里，她会好好念书，好好工作，将来和性格温和的人结婚生子，为了柴米油盐奔波，如此普通地度过一生已经非常满足了。

每次和肖实在一起时，和他的手握在一起时，月萤总有种脱离现实的梦幻感，随时想掐自己几下来提醒自己这幸福不是出自幻觉。

而肖实对女生的心理活动全然不知，当他从书本里移开视线，发现坐在旁边的女朋友正左手撑着脸笑眯眯地看着自己。

"笑什么？"

"宇宙能量守恒。感谢其他方面特别特别糟糕，才换来这么好的你。"

而男生笑着答："我也是。"

　　和月萤谈恋爱的只是肖实这个人，除了爱以外，她没想过要从他那里得到什么。而肖实不会霸道地带她出国旅行，但会记得给她拍视频和带礼物，不会刻意给她安排实习公司，而是帮她修改简历送她去面试。他唯一坚持的事是吃饭看电影买单，月萤不争，却买咖啡买饮料补足。说起来不能不算刻意。

　　也说不清楚到底是小心翼翼守护着对方的爱，还是在守护自己的自尊。

　　肖实做过的最浪漫的事，发生在月萤拿到公费出国名额后的圣诞节。在通往宿舍的那段小路上，用了几千只荧光灯装点树木。在他牵着她经过的瞬间亮起来，像漫天繁星，也像闪耀的萤火。那么美。

　　比起有一万种可能的未来，月萤对过去的事物更感亲切。

　　未来尚不确定，过去却是真的拥有过，切切实实在手心里紧握过，记忆会褪色，却永远不会失去。

　　眼下从银行出来，全身上下只剩一万日元度日，女生却从精神到肉体都感到很满足。靠着自己独立行走于这个世界上，才是想要的安心、踏实和笃定。

　　——肖实，和你在一起过，做梦过，幸福过。

　　——这样的人生，我已经很满足了。

　　7

　　入冬后校园里到处是文化祭的宣传横幅。

——和你在一起过，做梦过，幸福过。

——这样的人生，我已经很满足了。

　　穿着紫色文化祭服装的学部生们堵在各个门口派发传单，等身高的猫头鹰吉祥物不时出现在一楼大堂里，棒球队的后援团声嘶力竭的练习总吸引来一群人拍照围观。当月萤和俞芥修完课从第九研究楼出来，通往食堂的大厅因此被围得水泄不通。

　　"学生们的热情如岩浆大爆发的文化祭啊。"俞芥受不了地蒙住耳朵感叹。

　　"一年一次嘛。"

　　"唔，那么多奇葩社团存在的意义也就在此了。"

　　好不容易挤进通往食堂的电梯，俞芥深吸口气，想到好笑的事了自己先笑起来。

　　"月萤你知道吗，隔壁早大有个ゴキブリを慈しむ会（关爱蟑螂俱乐部）。"

　　"什么意思？"

　　"其实是一个撊倡逆向思维的哲学补团。他们的宗旨是，蟑螂也是地球的一员，口口声声喊着保护地球却心狠手辣地对蟑螂赶尽杀绝是可笑的。"

　　"还有一个社团叫元気玉愛好会（能量球俱乐部），哪所学校的不知道，部员的活动就是每天一个小时围在一起，集中全部精力将双手掌心对着天空制造能量球，据说目前还没有成功过。好玩吧？"

　　月萤笑着点点头。

　　顺利考上最好的大学，顺利毕业，公费出国，从破烂的民房里走到另一个国家，和优秀的人成为朋友，在氛围很好的校园里聊着有意思的话题。就这样在明亮的大道上一路往前奔跑，一切很好。

你我之间半透明

即使脸上漾着笑容的瞬间，却感觉心脏被戳了戳。

不疼，有点酸。

夜里拿着手机刷朋友圈，得知肖实要去英国留学。

大三就听男生提起过，眼下即将落实，心里还是沉下一块。

和肖实分手的事虽然让人疑惑，但大家心知肚明是迟早的事，凑热闹的心过去，渐渐无人提起。月萤偶尔更新一条生活状态，点赞评论的人急速减少，零星几个参与的只剩下亲戚和微商。

忍不住翻看分手之前和肖实的聊天记录，一切平常得毫无征兆。

对话框最后一句来自肖实，是说完分手那天。月萤到达成田后开机，新消息跳出来。"我等你下定决心。"自此后两人再没说过话。

下定决心分手，还是下定决心在一起？

说出来也许没人相信，和肖实在一起五年，关于分手的心理建设也做了五年。

事到临头，仍旧不能坦然。

笑是给别人的，眼泪留给自己。

——有很多新鲜的事，已经不能再和你分享。

——仅此一点，已经让我难过到呼吸困难。

和肖实恋爱以后，月萤的生活一如既往。

她仍旧在学校各种勤工俭学，周末去肯德基打工，依旧为了考试卯足劲拼命复习，依旧交完英语考试报名费后生活拮据，反倒是肖实常常去帮她端盘子打扫。很多时候男生带着电脑坐在食堂靠窗的位置写报告，等着她打工结束一起吃晚饭。由着她努力，就是他的宠爱。

大家觉得月萤是刻意表现坚强独立不物质来抓牢肖实的心。其实不是。月萤活到现在全靠努力，她不稀罕光环或者是否受欢迎等虚无的东西，她要的是扎扎实实的能力，申请奖学金、申请留学名额、找实习公司、落实工作全都需要，这些不会因为和肖实谈恋爱就改变。

而肖实呢，他的人生道路太宽广，拐弯折角，依旧在同一条道路上。

圣诞前夕，从公费留学的录取名单里查到自己名字的那个午后，穿着肯德基店员制服的月萤在二楼挂好最后一只气球，轻快地从椅子上跳下，视线经过落地窗时，看到马路对面的肖实。

旁边停着一辆豪华的白色小车，站在他对面的是带着墨镜的贵妇人装扮的中年女人，而旁边是踩着 Gucci 高跟鞋拎着 Prada 手袋的陈珂。应该是被叮嘱了些什么，女生挽着肖实的胳膊吟吟笑着。

那才是肖实真实的生存世界。

学校是象牙塔是避风港，一旦走出，一条马路一面玻璃把他们分隔于不可逾越的两个生存空间。

她一开始就清楚。

恋爱谈到后面就不只是两个人的事，不是喜欢就牵手，心动就拥抱，吵架了再和好这样简单的事。要把彼此所处的世界摊开交融。即使他们俩用爱克服障碍，两个世界的其他部分却难以和谐。与其往后把爱变成难堪的伤口，不如只想着用力地纯粹地去爱一场，只想着此刻拥有。

不敢有天长地久的幻想，从开始到最后都是。

哪怕在最幸福的时候，从胸腔深处涌来的也是"哪怕到这里也足够"的提醒。即使在他身边，做着的也是去往自己的未来的打算。越幸福越悲哀。所以女生才会在被荧光包围的世界里，在他眼里只有自己的世界里，因为太美而掉了眼泪。而紧接着，"分手吧"，说出这样的话时，甚至手心里还攥着他的体温。

即使那天下午等到陈珂母亲的车离开，女生立即放开肖实的手，笑着说"Sorry，应付下家长，一直被唠叨"。肖实理解。两人朝着不同方向前行，陈珂收敛起笑意往回看时，肖实正在微信给月萤发消息说他经过附近现在过去等她下班。

分手从来不是临时起意。

王子与灰姑娘的童话永远令人憧憬，月萤却明白其中原因，"概率小"远远大于"很美好"，而她是在百分之九十五中奖几率的超市活动中抽到"谢谢参与"的人。她到了该承担的年龄，没有多余的情绪和时间供她浪费，决心直面残酷现实，不再用侥幸之心去赌一个未来。

输不起的人，没有赌的资格。

8

春节，月萤回国。

吃完年夜饭和弟弟去空地上放烟火，月鸣点燃引线后快速跑回来蹲在姐姐旁边，花火在天空绽放开时，男生指给姐姐看，笑容纯真。

月萤怜爱地摸摸他的头。

新的一年没有肖实，心就空了一块。

心有不甘却接受了分手已成定局的妈妈哀声连连，但更头痛的是月鸣的婚事，她的年过得忙碌，每天张罗着带着姐弟俩走家串户，张婶刘姨各种给面子地说会留意，回到家仍旧仔细翻通讯录看有没有遗漏掉谁。

月萤哭笑不得。

"笑什么笑，大过年还替你们姐弟俩操心，你看我头发都白了好多。"妈妈说，"你要是有点出息肖实也不会跑，不过话说回来，那种公子哥儿就那样，新鲜劲一过最后还是跟有钱人家的女儿结婚，算了算了都一样。"

"肖实不是。"月萤认真反驳，"他人很好，不是你们想的那样。"

说到这里想起当年在医务室里为他辩驳的事。

"和肖实没关系。人缘不好是我的问题，我一直都是一个人。"

他不是那种仗着家里肆意玩乐的人，他认真、温和、努力，陪她吃路边摊，帮她打扫，等她下班，过马路时牵她的手，下雨时拥她入怀。他是那么温柔的人，理解她的自尊和敏感，知道她不是意气用事的人，分手时也没有吵闹着非要个理由，他是最好的男朋友。

"我就随便说说，你哭什么？"

月萤也不知道好不容易撑到现在了，自己为什么突然会哭。

"肖实是个好孩子，小萤也是。"爸爸心痛地看着流泪的女儿，半晌后说，"差距太大，以后会有更多痛苦，就这样分开也好。"

无论对方被多么耀眼的光环笼罩，捧在手心里长大的女儿都是他的骄傲。爸爸怕女儿流泪，怕女儿不幸福，更怕她闪着光的心被磨成冷冰冰的石头。即使跨过荆棘后是万丈荣耀，他担心的永远是她赤着的足。

这些，她都明白。

你我本是路人，因缘顺路走一段，但相遇时已具备的出生、性格、见识、价值观、行事方式早就决定了我们能共走的路只有这一段。

后来会明白，成年人的离散不是某根造事的引线，不是性格差异，不是得失失衡，甚至不是爱多爱少，而是落实在所有细微的差异之间。

切切实实，悄无声息，无法改变。

是命。月萤想。

9

在妈妈翻通讯录搜罗未来亲家的忙碌中，春节过去了。

月萤收拾着行李准备回东京。

月鸣感受到离别的气氛，默默把家里的零食都往姐姐箱子里塞。

飞机前一天，天气阴沉着脸，月萤说出去转转，公交车转了几次，回过神已经到了大学门口。

食堂、落地窗、烤肉店、林间小路、天台，医务室，躲过雨的屋檐……一切还是老样子。

第一次心动是什么时候。

第一次吵架是什么时候。

第一次分手又和好是什么时候。

第一次希望永远在他身边是什么时候。

第一次无能为力是什么时候。

第一次觉得只能到这里了是什么时候。

脑海里和青春有关的记忆都围绕他，她都记得。至于斋选拿了多少票，奖学金申到几次，英语成绩单的分数之类的，却早已忘记了。命运实在神奇，这样想着，月萤平静的脸上慢慢露出笑容，眼睛却下着雨。

命运真正神奇的是，下一秒，她听到有人叫她的名字。

回头看到肖实。

没想过会在这里遇到他，当两人面对面重新站在一起时，月萤呆呆的，觉得时间停滞了。

"你瘦了。"半晌，她望着他说出莫名其妙的一句。

而他答："我知道你在这里。"

接下来一起在校园随意转了一圈，嘴上说些有的没的的话题。

"学校定了啊？"在小卖部买奶茶的间隙，她像是随口问起。

"嗯。"

"什么时候走？"

"下个月。"肖实和往常一样，细心地把吸管插好后才把奶茶递给她。

"哦，我明天回东京。"

"我知道。"他说。

接下来不知道该说什么，月萤低头认真吸着杯底的珍珠。

不知不觉两人再次站在他为她点亮过几千只荧光灯的小路上，树枝光秃秃的，初春的风尚未吹来。曾经和他牵着手沉浸在幸福之中时，第一次在这里说了分手。

男生当时茫然无措地看着突然说分手又哭得稀里哗啦的月萤。

"为什么？"他声音平静。

"……要毕业了。"

"嗯。"

月萤抽泣着："我要去日本念书，你要去欧美。"

"嗯。"

"我们以后又不能一起，以后……"

她也不知道以后什么样，说到这里自己也觉得理由牵强。

每一次抓住幸福的瞬间，像微弱的萤火，连成一片后足够点亮一个美好的世界，足够点亮未来的人生。不能贪心，在足够的时候适可而止。当时她那么想。

"我都明白。"男生看着她。

"嗯？"

"可是，我不要和你分手。"

圣诞夜，在闪烁的荧光世界里，男生的眼睛里涌动着宠溺的笑意，他的手用力一些，把她拉进了温暖的怀抱。在越来越近的心跳声中，耳畔传来了无比熟悉的声音。一字一句被点亮，清晰得似乎能看到一个明亮的未来。

如果时光倒流，再回到那个勇敢的时刻，该有多好。

月萤沉浸在回忆里，再望着眼前的肖实，明明站在她面前，却那么遥远。她觉得视线像被什么晕染开，糊成了一片。

"当时我想给你抓一千只萤火虫，想跟你说不管多么微小的光亮也可以很美丽地照亮未来，很难找，只好用了三千只荧光灯。"肖实说。

"是吗？"

"我想为你做很多事，摘星星也可以，却总怕吓跑你，失去你，只好远远地做一个很大的结界把你放在里面，我以为让你自由地按照你的方式继续生活是最好的相处方式，我只要看着就好。"肖实说，"结果我错了。"

月萤没说话，等着下文。

"你每次说分手时我都很难过，难过的不是分手这件事，而是我知道你之前一定为此挣扎痛苦了很久。我靠近或者远离都会伤到你，所以这几月我什么也没做，只是静静地等。现在，可以告诉我答案了吗？"

男生上前握住她的手，好好放在手心里，说了和当年一样的话，"我不想和你分手。"

月萤觉得呼吸困难，脱不开手，也逃不开。

一直以来，她设想过一万种分开的结局，做过一万次心理建设，下过一万次决心，她清楚一切可能会出现的难题。手心里感受到他的温度时，所有防备功亏一篑，软绵绵地倒塌，化成一滩阳光下的水渍。

他是最好的男朋友，而爱让人永远心怀侥幸。

她是个没用的人。

即使前方就是世界末日，此刻她也无法做到从他的手心里挣脱。

在初春尚未来临的萧条校园里，日光缓缓笼罩着教学楼和树木，尘埃轻微地翻转着。男生的轮廓比当年更加分明了，脸上一如既往漾着温柔的笑意，眼神却更加肯定。站在眼前的这个人，只是自己喜欢，也喜欢着自己的人。

计明天见鬼去吧。

此刻她只能投降。

把手反扣回去的同时，她像那晚一样，抽抽搭搭却坚定地回答：

"嗯……我也是。"

10

"我不想和你分手。"

"嗯……我也是。"

我不是为了错过才与你重新相遇的。

风吹入云

我爱你的感情炙热，
没有用来感动你，
而是融化我自己。

你我之间半透明

1

恋爱很苛刻。

爱情却很宽容，一个人也能发生。

这是我认识他之后明白的事。

2

2013 年我在东京，学校没课时在大冢一家留学中介打工。

到了十二月底，公司举办忘年会，地点定在池袋东口的居酒屋。

领导吩咐我在大厅接应合作公司的人，站着无聊，我垂着脑袋认真揪着毛衣球。这时玻璃门被推开，一阵冷风吹入，我立刻换上职业笑容抬头。

是他。

他头发剪到很短，戴着黑框眼镜，领带白衬衣，灰色西装外穿着黑色长款大衣。手里拎着公文包。表情一丝不苟，目光却是温和的。

他站在门口张望，不会知道当时的我用什么样的表情静静注视他。我自己也不知道。

直到视线相遇，我才回过神冲他招手。

他点点头，浅笑着朝我走来，礼貌而温柔。

领导介绍这是某某会计师事务所的韩修，在大家的掌声中他起身做了简短的自我介绍。四川出生，被香港的公司派到东京三年。

他话毕欲落座，领导打趣补充说韓さん很厉害的哦，香港大学双学位，年纪轻轻就拿到CPA（注册会计师），现在就职于业内TOP3的会计师事务所。

"在座的女士们注意了。"领导拍拍手故意拖长语音，"韓さん还是单身哦。"

大家捧场地鼓掌加口哨、他腼腆地笑着坐回位置。

一番必要的流程之后，到了各自活动的时间。同桌的女生们兴奋地将目光汇聚在他身上。部门的领导很欣赏韩修，不遗余力地夸他种种。

他的履历闪耀，性格内敛，对着领导夸张的推销方式一边温和地笑，一边摆摆手解释那些经历其实很普通。

那边气氛火热，我假意闷头只顾吃，耳朵却没漏掉与他有关的每一句话。

"小影和小韩是老乡吧？"负责带我的前辈冯姐突然问我，眼睛却看着韩修，"听老刘（领导）说你们好像还是同一所高中毕业的。"

"好巧。"他终于看向我。

韩修的语气里带着一丝欣喜，表情却和面对别人时无异。在这之前我抱有过一万种侥幸，都在他那句"好巧"之后灰飞烟灭。

他不记得我，这本是理所当然。

"嗯，是呢。"我精神涣散。

"我是 03 级，你呢？"

"04 级。"我补充，"学长，我叫徐影。"

"影子的影吗？"韩修突然认真地看着我，这次真的笑起来，"小学妹，我记得你。"

我没来得及答，公司领导正好找他敬酒，他放下刀叉侧身，笑着举起酒杯，一饮而尽。

3

2003 年非典在全国引起恐慌。

学校管制严格，进出需要消毒洗手，禁止成群结伴，发现身边同学有感冒症状时必须立刻报告。班级以小组为单位，在课间操时间轮流量体温，班委认真填表记录后，学生会干部准时来收。

我每天带着口罩，认真做各种预防举措，结果还是出了差错。

是周四的最后一节自习课。

我生理期痛到面色苍白，额上的冷汗渗得像刚从水里捞出来一样。老师开会去了，人人自危时期，一群毛头小孩误以为我得了非典而吓得躲开很远。我趴在桌上快要晕厥时听到有人轻轻问了一句："你没事吧？"

我抬头，就这样看见了正低头观察我的韩修。

他的脸笼罩在夕阳的余晖里，我调整意识，过了好几秒那些涣散的光圈才渐渐重合落实。

他伸手探我的额头，手指修长。发现我没发烧，他的眉目恢复了柔和。

他是来收体温表的，出于职责送我去医务室检查。我疼得直不起腰，他就背着我去了。

触觉记忆深刻。

该怎么形容那种感受呢？直到现在我也说不上来。只知道当他背着我走在橙色光晕弥漫的校园里，我的双手环抱着他的脖子时，世界变得安静了、温柔了。我忘了身体的疼痛，只能感受到胸腔里心跳如雷。

自此以后我相信所有少女漫画，无论情愫产生的契机多么简单多么离谱，全都毫不怀疑。

感情本来就是奇怪的东西，莫名有颗种子出现，莫名"嘭"地冒出新芽，他不浇灌不照料，甚至不知晓，却在我心里长成参天大树。

那年我初二，默默无闻，不爱说话。

韩修初三，年级第一，无人不知。

与他少时已具备谦和的风度相比，我也已经是个内心克制的少女。没有借答谢的机会请他吃饭，也没有像其他女生一样在球场边大声喊他的名字，我只是远远看着他，蠢蠢地自以为无动于衷很特别。

不仅如此，我做了件更蠢的事。

我给韩修写过情书。

内容只写了一页，誊写了七八遍。

那是我人生中第一次写情书，也是唯一一次，写给喜欢的男生，并且亲手交到他手里。却不是以我的名义。

是帮我同桌写的，她用近乎虔诚的表情告诉我她暗恋韩修很久了，我文笔好所以被寄予重任。我多蠢啊，竟然榨干脑细胞去写那封信。

你我之间半透明

韩修初中毕业那天，我们跟在他身后走了很久。直到他快进小区大门，被同桌推了一把的我跑上去拉住他的衣角。

"请好好看信啊，她真的很喜欢你。"

结果没过多久，没等到韩修下文的同桌跟别的男生早恋了。

说真的，我有时很羡慕那些花心的人。他们似乎具备强大的爱人能力，对感情收放自如，随时能再爱上另一个人。洒脱磊落，荡气回肠，青春回忆无限。

而我闷不吭声地掉进名为"韩修"的陨石坑里。

一坑十年。

4

忘年会上我加到了韩修的微信。

对他而言只是出于工作需要与在场的人交换联系方式，顺带着礼节性地加了我而已。毫不特别，毫无意义。

但对我不是。

曾经他是天边闪耀的星，是我无法直视的景。而现在他落实成我朋友圈里的灰白符号，手指落到他的名字前也会乱了心跳。

我想跟他说话，苦于找不到话题，又怕出错，结果我什么都没做。

打个比方，就好像我手里拿好捕捉的网，生怕惊扰了我的兔子而不知如何迈步。

眨眼过去一周，也许再发消息给他时已经需要重新自我介绍。

这么多年，我明明也是有进步的。

我长高了会打扮了，在日本不错的学校念硕士，会英语和日语，与人往来也渐渐会拿捏分寸。我原本可以挺直腰板走路，大大方方以校友的名义与他联系。

可我不敢。

不管学了多少准备了多久，切切实实身陷其中时依旧不由自主地变傻，没头没脑地深陷。受情感驱使的本能，即使手握万般利器也心甘情愿任由宰割。人到了心动的瞬间，理智毫无用处。

无论我心里建设加固到第几层，面对他我依然笨拙。

长年如此，毫无长进。

再见到他是一月底。

部门的中国同事筹划农历春节聚会，女同事们的邀请名单自然不会落下韩修。我们建了一个临时小组，商量定好 1 月 30 号大年夜去吃中华料理后，就变成了吐槽聊天群。韩修工作很忙，很少在群里说话。

我打定主意再见面时要努力拉近关系，出乎意料地先收到了他的信息。当他的名字出现在我屏幕上时，我以为他是在群里说话，结果打开发现是私聊。

他问我应该从车站哪个出口过来。

"西口。"我飞快打字，"出来后沿着 0101 大楼的方向一直往前，你会看到警察署，然后是百元店，再接着往前会经过一家很大的酒店……"

"好的。"

"嗯，我去接你。"

我拿着手机急急忙忙去店外，张望一圈没看到他，就没多想地拨了

你我之间半透明

电话过去。

"学长你到了吗？"

"我看到你了。"他说。

他从街道那头向我走来，视线交汇时手机还保持着贴耳的姿势，如上次一般，冲我笑着点了点头。我屏住呼吸凝望他，全世界只剩下他慢慢靠近过来的身影。直到他走近后疑惑地问我为什么不穿外套就出来，我才慢一拍感受到冬天的冰凉。

我们的座位隔了很远，对角线的两端。锅包肉上桌时，我让服务员放到他那边去。糖醋鱼上来了也是。他似乎察觉，微微往前倾身往我这边看了下，他端起酒杯示意，我就跟着喝了点果实酒。

之后去 KTV。

包间里灯光流转迷离，喝醉的人东倒西歪地躺在沙发上。部门的陈宝佳是麦霸，擅长王菲的歌，一开嗓就赢得掌声。我不擅长唱歌，找了最角落的位置坐下来，手里转动着椰汁的拉罐，余光落在韩修身上。

女生们围着他要他点歌，他笑着摆手说你们先来。我知道他不喜欢唱歌，隔着人群我们交换了应付不来的视线。过了一会儿，我发消息问他要不要出去。他说要。

我们去了趟附近的药局。他把水和药递给我，看到我手臂和胳膊上的红疹子，皱着眉说知道自己酒精过敏为什么还要喝。

"是你先对我举杯的。"

"我举杯你就喝啊？"

"嗯，毒药也喝。"我傻乎乎地望着他笑，"因为是学长嘛，我尊敬你。"

他无奈地看着我。

"上次忘年会，老刘夹了虾放你盘子里，你不是也吃了？"

"你怎么知道我对虾过敏？"韩修停下脚步，一脸疑惑。

我当然知道。

我不仅知道你喜欢锅包肉、糖醋鱼、对虾过敏，还知道你中考成绩满分，知道你喜欢踢足球，知道你喜欢克里斯托弗·诺兰的电影，知道你高三数学竞赛全国第一，知道当年红榜上张贴的照片消失之谜底，不是被脑残的女生偷走，是你自己。

韩修恍然大悟："原来那时撞见的是你。"

我点头："我知道很多，学长你要对我好一点。"

5

其实我有点伤心。

那是 2004 年，我考入韩修的高中，教室在一楼。他在六楼。

冬天，学校红榜上张贴出他数学竞赛获奖的照片，我偷偷在上面描了桃心。

一个周六，我去学校画板报，出来时晚上九点，学校空荡荡的。我绕了远路去看红榜，碰到想趁无人时撕走照片的韩修。

少时多美好，晚风不及他眉眼轻漾。

"觉得尴尬。"他心虚解释。

"我不会说出去的。"我拍胸脯保证。

整个高一我都因为这个秘密变得快乐。

他迈出了一步，我恨不得跑完剩下的所有距离。

我确定他当时是记得的。

2006 年，韩修放弃复旦保送参加高考，去了香港大学。

有天去办公室交材料，老师们开会去了，多事的风偏偏吹开桌上往届毕业生的联系簿。我鼓励自己这是命运使然，偷偷把某串数字抄进手心，终于在另一个晚上拨通了电话。

我磕磕巴巴报完名字，韩修没有质问我为什么有他的号码，而是轻轻笑起来，他说："是你啊。"

从此后的每一个夏天，我都相信会有让奇迹发生的魔法。

你看，多么 drama 的梦幻桥段，如果按照剧本演下去有可能变成男女主角的 happy ending。

然而我只是他众多暗恋者中的一个路人甲，运气好得到几句与主角对戏的台词，在全部剧情里无足轻重，随时可以被删减掉。

可人不都是那样吗？总抱着侥幸想"万一呢？"，结果证明都是九千九百九十九。这些我都明白。

正因为明白是侥幸之心，也就不会被伤到要害，更不会因此气馁。

我好奇韩修到底因为什么记得我。

"从姚晴那里听说过你的名字。"他认真回想，"好像是 09 年，你到香港交换时参加过校友聚会是吗？前一阵在朋友圈看到当时的合照，姚晴跟我说徐影也在东京，所以知道了你。影子的影，用这个做名字的人不是很多。"

原来如此。

当时我申请去香港的学校交换半年，费尽心思联系在香港的校友聚会。

假装无意提起韩修学长好像也在这边，谁能联系到他吗？

"他和你一样，今年去普林斯顿大学做交换了。"姚晴学姐当时这样告诉我。

去年底，姚晴学姐从香港回家休假，在朋友圈 po 了照片怀旧。

我心里有一万种他如何记住我的情节，没想到是这一种。

其实我啊，早已知晓童话只是美好愿景，却因为他，固执地在心里守住那一方小小天真。带着期望，沉迷假想。于我而言隐秘伟大，却不必深刻，只管尽兴。

所以没关系，这样挺好的，又简单又现实。

不过这让我清楚了一点，那些于我而言的美好曾经，在韩修的心里没荡起一丝波纹。不能靠过去取胜，此刻再故作无动于衷只会再次错过。

爱他这么多年，怎么甘心随缘。

何况缘浅。

我不是为了错过才与韩修重新相遇的。

那天我们的关系进步了。

回到群魔乱舞的包间之前，韩修对我说："以后不要喝酒了。"

6

春节聚会时的几个小细节被敏感的女同事们捕捉到，纷纷问我和韩修是什么情况。

"他是我崇拜的学长。"我这样解释。

和小说里总会出现尖酸刻薄的反面人物不同，我的答案换来大家了然于心的笑容，自此后与会计师事务所有关的资料往来，冯姐都会尽量交给我做。

他们的事务所在港区，我去过几次。

有一次去送财务报表的资料，他们正因业务堆积忙得不可开交。我在茶水间等了很久，起身去洗手间的途中，看到挽起衬衣袖子一脸严肃工作中的韩修，沉稳而可靠。

在中学时代，因为成绩好和长得好，韩修是最受欢迎的学长，毕业之后留下不少传说。那时候我能碰到他的地方是食堂、足球场、图书馆。他谦和内敛，即使周一集会时也会看很多次表，选修课上会戴着耳机做自己的事，但鲜有露出吃惊或者夸张的表情。在足球场上也一样，进球了很开心地笑，输了从不骂脏话。

他人缘极好，但不会常常成群结伴去做什么事，少年的日光清浅地看过来，也让人觉得非常有内容。

从受欢迎的学长，变成可信赖的精英。韩修一路妥帖，似乎从未出过错，以后也不会。

不愧是我喜欢的人，我的自豪感油然而生。

到春天时，我们已经很熟了。

韩修英语流利，日语却是到日本后才找时间学的，日常交流还可以，但不如我。我常常和他一起出去。

我陪他去入管局更新签证，坐在大厅里耐心地等被叫号。庆幸的是前面排了两百多个人，我们会在那里耗费掉一整天。于是聊天，他说话

你我之间半透明

时我耐心地听，他累了我就老实地陪在旁边。他说我很乖，晚饭带我去吃好吃的。

也陪他去青山洋服买西装。他问我哪套好看，我迷惑地问这几套不一样吗？他就说我很呆，笑容一如既往地温和。

他会买好菜让我去他家煮火锅。第一次去时我眼睛不知道往哪里放。他不让我帮忙，给我泡好茶让我在客厅里坐着等。自己在家煮的火锅更有四川的味道，每次都吃得很满足。我问他是不是常带女孩回家，他敲我的头："想什么呢。"

他在厨房洗碗时我起身参观周围。

韩修的房间宽敞，物件收拾得整整齐齐，完全男生派。

最高一层的书架上放着一只不合时宜的毛绒玩具，我踮脚去拿时，韩修快一步取下来，说是很幼稚的玩具，很脏了要扔掉，说着就塞进了垃圾袋里。

"还以为是什么秘密的东西。"

"之前一直想扔，放在那里忘记了。"韩修说，"下次收可燃垃圾时会扔了。"

"嗯。那就扔掉吧。"我笑着坐回位置。

下次再去时我注意到那只脏兮兮的玩具还在，只是被塞进了更深的地方。

是韩修想扔，又舍不得扔的东西。

是让干净利落的韩修纠结的东西。

出于女生的直觉，回家后我在通讯录找到姚晴学姐。

一番寒暄之后，学姐问我："无事不登三宝殿，说吧，找我什么事。"

"也没什么特别的啦。"我斟酌着用词，可面对的是机智的学姐，弯弯绕绕只是多余。

我深吸一口气："学姐，你知道韩修学长前女友的事吗？"

我不在意过去，我要知己知彼。

"前女友啊，好像是和他一个公司不同部门的同事，没什么特别啊。韩修被追了很久答应的，可能尝试了下实在不行就放弃了，两人在一起不到一个月就分手了。"学姐说，"前女友去年结婚了，没任何威胁，你放心好了。"

我心里的疙瘩刚解开，还没来记得松口气，就听学姐想起什么似的继续说了句"不过……"

7

六月，韩修的公司搬迁，他买了车代步。

韩修问我为什么会来日本时，我说因为喜欢 arashi。然后说想去千叶的桂花楼吃饭，他就陪我赶着去吃午餐。导航顺利，没出一点差错。

春卷和小笼包好吃到哭。他看我喜欢，就给我打包了两份带回去。

我在他车上下载了很多 arashi 的歌，他也由着我。

"想跟相叶雅纪结婚。"回程途中听着 solo 感叹。

我悄悄观察他的反应，他说："我以为你喜欢樱井翔那种类型。"

"精英伞哥永远是男神，当然嫁的呀。"播放到下一首时，我看着他说，"我觉得你们是一个类型。"

他笑笑，没说话。

你我之间半透明

韩修，你喜欢我吗？

有好几次我凿了河，开了源，却因他的停滞而无法引入河流，工程就这样烂了尾。如果他只是还不够喜欢我，我不怕等。

可是我怕，他对我若即若离是因为学姐的那个"不过"。

"不过有威胁的可能是韩修的前前女友陈星霖。两人一见钟情迅速坠入爱河，当时在港大是很出名的一对。后来陈星霖去了普林斯顿大学，韩修还为她申请了一起过去交换。但是，据说后来陈星霖和一个富二代好上了，韩修为了逃避吧，接受了公司被调去日本的安排。"

姚晴学姐说："韩修是理智冷静的人，应该不会为了那种女生耿耿于怀这么久，你放心吧。"

我不放心。可不放心又能怎样。

如学姐所言，韩修理智冷静自会调节，我绝不提及任何有关的回忆。我怕结果不是他直视伤痛，而是看清内心重新回到陈星霖身边。

我没有让韩修一见钟情的能力。

我只想待在他身边，感化他，温暖他，照顾他，爱护他。

不能占领他的心也没关系，只要得到一个角落我也心满意足。

八月初，一群人相约去隅田川花火大会。

从浅草车站出来后，其他人就消失了踪迹，故意留我们独处。

那天我穿了粉色花朵的浴衣，提了精致的小香袋，头发和妆容是去店里好好打理过的。我穿着木屐走路不习惯，加上紧张总是出错，他放慢脚步陪我穿过重重人群寻找合适的观赏位置。

那天韩修的兴致不是很高，有些心不在焉。临近尾声时突然涌来一大波人占位置，人群把我们冲散了，我个子矮小，看不到他在哪里，被人流挤出很远。

我不敢到处走，站在边上等他。

天气太热了，我满头大汗，抬手抹了抹才想起脸上有花火碎屑。好不容易化得美美的妆容就这样废了。

他过了一会儿过来找我。在人群里看到他时，不知道为什么我委屈地想哭一场。他带我去到人少一点的地方，为刚才的疏忽感到抱歉。

"学长，你是不是不想和我一起看花火大会？"

"不是。"韩修沉默了一会儿，解释说，"以前有和别人约过要来日本看花火大会，不是很好的回忆，所以心情有点受影响。"

这是他第一次跟我提及与陈星霖有关的事。我没有生气，没有嫉妒，反倒因为他的敞开心扉而觉得很感动。

他迈出了一步，我恨不得跑完剩下的所有距离。

"学长，你有一点点喜欢我吗？"我认真问他。

他可能是怕我哭，所以这次没有敷衍。他说："和你在一起很舒服。"

"那你可以试试一点点地更喜欢我吗？慢一点也没关系，我喜欢你很久很久，很有耐心，我不怕等的。"

他有些怜悯地伸手揉揉我的头发："小影，你是笨蛋吗？"

我是笨蛋。只要你喜欢我，我是什么都可以。

最后的花火在天空绽放时，我踮起脚尖点了点他的唇。

"盖章，你不可以再反悔了。"我狡黠地冲他眨眨眼。

他苦笑了下。然后俯下身，温柔地吻住我。

你我之间半透明

8

即使不动声色的人生，也该有一个烙下自我印记的点亮时刻。

就像毛姆在《剧院风情》里写道的："我这一辈子再也不会有这样的时刻了。我不打算跟任何人分享。"

我觉得韩修低头吻我的瞬间，就是这样的时刻了。

9

和韩修在一起后，我的生活一如既往，打工，上课，写论文。

可是世界变得不一样了。不管晴天还是雨天，蓝天还是白云，就连早晨拥挤的电车都让我觉得美好，我觉得自己变得轻飘飘的，只要一想到他就忍不住傻笑。

我去他家很勤。帮他打扫房间，给他洗衣服，等他下班后一起去超市购物。我的视线在他房间里来回搜索，没再发现那只脏脏的玩具，这让我更加愉快。

十月，台风过境。

放学后逆着风回家，我的伞被吹得支离破碎，在暴风雨里被淋得像只落汤鸡。当晚发烧得厉害，我甚至不知道自己什么时候迷迷糊糊给韩修打的电话。

他开车过来时快凌晨三点，背着我去了附近的医院。打完针后很快退烧了，折腾一番，接近早上六点才回来。

清晨的空气很新鲜，附近的人行道有慢走的老人，骑自行车经过的巡警。流浪的人睡在身后的树林深处。据说这边离羽田机场不远，过往的飞机很低，东京湾海面的船只"呼突突突"地过去。

一群头发理得很精神，穿着白衬衣宽松黑裤子，背着双肩包的少年在不远处的台阶上举起手机拍照。拍海水、蓝天、对面的工业区，也嘻嘻哈哈地合照。

"初二时，学长你也这样背着我去医务室。那时候非典那么恐怖，你却过来帮助我。"我浑身无力，说话也很慢，"学长你一定不记得了。"

"记得。"他轻声回复。

我不知道他是真记得还是安慰病患，也没力气去思考。我趴在他背上，把他抱得更紧了一些，撒娇说学长你身上的味道好好闻。

醒来时已经过了午餐时间。

他去超市买了食材回来给我熬粥，房间里弥漫着食物的香气。他听到动静回头，笑着说．"你醒了？"

他让我躺回床上去，不知道是不是生病让人软弱，我只想尽情地撒娇，说自己没力气动弹。他没办法，坐在床边一勺一勺地喂我。

"好好吃。"我心满意足，然后想起重点，"今天不上班吗？"

"请假了，放心吧。"

"那怎么好意思……"

"昨晚我一过来就抱着我哭的也不知道是谁。"

"我发烧晕头了，不记得了。"我可怜巴巴地看着他，"学长你怎么这么好呢？"

"吃饭时不要说话。"

他又送了一勺饭到我嘴边，我乖乖地吃掉。

你我之间半透明

吃完饭他起身时，我抱着他不让走。我越来越腻他，喜欢和他待在一起。他说我像只小猫似的粘人，却从不对我凶，总是语气宠溺，我就愈发爱对他撒娇。

我抱着他蹭了蹭，红着脸说："学长，我们一起住吧。"

因为我的住处在他公司与我学校之间，他把东西搬了过来。房间顿时变了样，有了家的感觉。

我们买了做火锅和烤肉的专用厨具，秋冬隔三差五煮火锅做烤肉。吃完饭我们会去台场海滨公园散步，他会好好握着我的手。周末常常腻在家里看电影，我会把水果切得很好放到他面前。

有时早上醒来，听着他均匀的呼吸，我心里温柔得快要溢出水来。

真的，我觉得自己太幸福了，太满足了，简直死而无憾了。

10

我想我们会一直这样在一起。

结婚，生小孩，有真正属于自己的家。回四川也好，留在日本也好，或者跟他去香港也好，只要跟他在一起，去哪里我都不会害怕。

我会好好做自己的事，也会好好学习做饭喂饱他。

无论多晚都会等他下班，用笑容迎接他。

我不会对他念叨谁谁的老公加薪升职，因为在我心里他是全世界最好的。

假期我们会去旅行或者看望彼此的父母，有机会的话要回到以前的

我是笨蛋。只要你喜欢我，我是什么都可以。

你我之间半透明

中学回忆青春。

他脾气那么好，我也不会总是跟他闹脾气。

我们一定会很好，很幸福，如果我们一直在一起的话。

可是没有。

韩修喜欢我，我确定。就像他说过的，我很乖，和我在一起很舒服。他会喜欢和我一起生活。但他爱我吗？我们从未深究过这个问题。

或者说，故意不去深究。

后来我想过，如果我再傻一点，再自私一点，我们也许可以和构想中一样去往相同的未来。

我应该忽略他不愿被人察觉的犹豫与焦灼。

应该忽略他失去冷静愤怒挂掉的某通电话。

应该忽略他其实没有扔掉而是放进行李箱里的、已经又破又脏的毛绒玩具。

应该忽略那个纠缠他时被恶狠狠推开、最后又在大雨里被他抱着塞进车里送走的女人。

应该忽略他所有的歉疚和欲言又止。

可是没有。

当他疲倦地靠在沙发上睡着时，我上前替他盖好被子。他睡眠很浅，立刻醒过来，对我笑了笑。他原本是眼神明亮的人，可是现在看着我时目光躲闪。

"学长，你很累吗？"我靠在他怀里，听着他的心跳声。

他紧紧抱着我，声音沙哑朦胧："这样抱会儿就不累了。"

"你现在也很爱她吗？"我问。

他沉默了一会儿，轻轻抚摸我的头发，深深叹了口气说他们已经过去了，让我别想太多。

我是暗恋他的人，不是他一见钟情的人。

我是让他觉得舒服的人，不是能动摇他内心的人。

我是他喜欢的人，不是他爱的人。

他们的感情纠葛对错，我并不想了解太多。我只知道，如果没有很深的爱做基础，生活再舒心也会空虚。

我不想让他两难，所以选择先放手。

11

我幻想过无数次与韩修在一起，从没幻想过与他分手。一次也没有。我似乎将一生的爱意连根拔起，再不会像爱他这样爱上别的人。

也许爱得太认真，爱到极致，反倒坦然了。

再遇到韩修是彼此不联系的两个月后，在 lumine 二楼。

我去买护肤品，在通道里与他迎面相遇，无处可避，只好调整表情大方打了招呼。我瞥见他手里提着某品牌的购物袋，猜想是买了新上巿的口红。这让我难受，只想赶紧躲开。

但是他说："一起吃个饭吧。"

于是去了八楼的意大利餐厅。

我们以前过来吃饭时这家店还在装修，宣传菜单很诱人，便约好以

你我之间半透明

后要一起来。我控制内心的焦灼，刻意放缓翻菜单的速度，然而什么也看不进眼里，不知不觉来回翻了好几遍。

也许是笨拙的样子让韩修放松起来，他笑笑，和以前一样做主点餐。食物上桌，果然都是我喜欢的。这个人真是温柔，连分手后都这么体贴。我叹息。

对，这是我们的告别晚餐。因为对目的心知肚明，也就懒散下来，要聊什么话题要以什么姿态吃饭全没考虑。不咸不淡地聊了会，他似乎不知道怎么进入正题，也许接下来还有别的安排，他不由自主地低头看了看手表。

他一为难，我就不忍心。

豁出去了，我放下刀叉正视他："学长，我都明白的。"

他不说话，听到我的话后眼神颓了一些，终于还是说了我最不想听的那句话。他说："对不起。"

不能和你在一起，对不起。

不能爱你，对不起。

我应该哭一场的，用眼泪和十二年的深情挽留他。

我了解他，如果我这样做，有百分之五十的胜算。

但我不能。

我可以远远地继续爱他，却做不到把空壳的他强留在身边。

"没关系。和你在一起过，我已经很满足了。"我说。

出餐厅后他去地下车库取车，问要不要送我，我说不用，吃太饱想走走。他没执意。我打定主意先挥手说再见，转身时听到他叫我的名字。

他说："早点回家，也不要经常熬夜了。还有，谢谢你。"

"谢有什么用，只想你爱我啊。"我没能忍到最后，在他抱歉的神色里，我笑着挥挥手，"开玩笑的啦，我先走了。"

对他说的最后一句话，我用尽所有诚意，我说："学长，你要幸福。"

那天晚上我没有搭电车，花了两小时十二分一路走回去。

我从未如此认真看过这个城市的夜晚，灯光迷离，一切似是而非，清晰又朦胧。我慢慢地往前走，细细地感受拂过面颊的每一缕清凉的夜风。心里无法抑制地抱着侥幸，像病入膏肓时的垂死挣扎，幻想着如果下一秒就有车在身边停下来就好了——他会摇下车窗，温和地笑着对我说："小影，一起回家吧。"

再也不可能了。

这个家他再也不会来了。

客厅的沙发上再也不会有慢慢按遥控器的他，厨房的水池旁再也不会有用抹布认真擦碗的他，卧室的大床上再也不会有放下杂志问我要不要关灯的他。

房间空荡荡的了无生气。

没有他，再也不会有他。

我失去了所有力气，背靠着门慢慢滑坐在地，号啕大哭。

12

有点遗憾的是，韩修，与你有关的回忆我没来得及全告诉你。

即使我们的结果犹如风吹入云，最终云淡风轻。

仍旧要谢谢你。

你我之间半透明

2003 年，情窦初开喜欢你，趴在你背上时我忘记了所有的疼痛。

2004 年，往你的获奖照片上描心，又撞见你因为尴尬而悄悄撕走照片。因为这个只有我们才知道的秘密，我的高一过得很快乐。

2006 年，你放弃复旦保送参加高考，去了香港大学。我在办公室抄来你的电话，因为你记得我的名字，而觉得夏天充满了魔法和奇迹。

2009 年，我为了你去香港的学校交换，而当时的你亦为了所爱去了远方。你几乎不玩社交网络，好不容易找到你的校内网，但你只是注册了而已，我的添加好友请求直到校内网变成人人网也没有被验证通过。

2011 年，大学毕业那晚，我散步到你家小区附近，碰到你妈妈时胆大包天上去搭话。听说你留在香港工作，和女朋友感情稳定。那么好的你，遇到的人也一定很好。

2012 年，高中校友聚会，你作为传说中的学长被女生们津津乐道。我的聚会收获是搜到了你的微博。寥寥二十余条，我翻来覆去刷了几百遍。当我们喜欢一个人，就会变成福尔摩斯。我从你的互相关注好友里搜获与你有关的蛛丝马迹，拼凑揣测你的现状。你单身，分手原因无人提及，明年会被公司派去东京。

2013 年，我拖着一只行李箱站在成田机场。你所在的事务所进不去，我绞尽脑汁去了你们的合作公司打工。十二月，在忘年会上重新遇见你。

2014 年到 2015 年，遇见你，牵引你，放开你。

十二年。

你是远方闪耀的灯塔，是天上的星。指引我，点亮我，我追逐着你的轨迹，默默完成一场盛大的成全青春的仪式。

我爱你的感情炙热，没有用来感动你，而是融化我自己。

等到某天或许我能轻松地笑着坦然："那时年轻，带着不撞南墙不回头的傻劲儿。"

又或许，只是将回忆凝成琥珀，独自珍藏，偶尔触碰却不敢细看，脑海里往日翻滚，不自觉又红了眼眶。胸腔却沉于宁静，不再年轻的心间萦绕着柔软而绵长的回音。

"确认恋爱是否成功的唯一办法，难道不是去恋爱？"

我已离开
太远

人与人之间，
对错可以申辩，
冷漠却让人无计可施。
一扇不愿为你开启的门，
努力去敲只会显得没教养。

你我之间半透明

1

大学毕业那年春天，我攒够钱办签证，秋天时拖着一只28寸的行李箱独自站在成田机场。

在日本的第一个住处是新高圆寺一栋两层的小公寓，距离车站很远。房间十二平米，室友住阁楼，我晚上在客厅铺地铺，到了白天收起来，空出地方吃饭。当时只求落脚地，加上房租便宜，很满足地与新生活相处着。过了一阵，室友的父母来东京，旅游回来后的她婉转表达，她爸妈觉得这房间两人住太小。

一周后我仓促搬到池袋一家首付便宜的 share house，一到晚上老鼠在天花板里跑得窸窸窣窣响，起初我担心它们突然掉下来，整晚睡得提心吊胆。同住的多是为赚钱而到日本的留学生。他们同时打几份工，交学费只为拿签证。大家鲜有交集，更为熟悉的是深夜或者清晨从走廊里传来的彼此的脚步声。有个在走廊匆匆打过招呼的中国女生，听说后来因为拖欠学费被遣送回国了。而隔壁房住着的越南男生，直到搬家离开我也没来得及问他的名字。

我几乎没有日语基础，语言学校进行分班考试时还写不全五十音。后来运气不错找到一份留学相关的工作。公司在大家，我负责对应国内想来日本留学的学生和家长，但因对学日语没有帮助，我狠狠心辞了职。白天在语言学校上课，晚上写稿维持生活。

半年后我通过了日语二级考试，晚上去同学所在的居酒屋打工，为了省钱第三次搬家，住到赤羽。一年后通过日语一级考试的同时也拿到了明治大学的录取通知。从学校得到一笔奖学金，差不多够付减免后的学费。在东京租房的前期费用高昂，首付便宜的房子又很难长住。冬天时房子到期，我从学校申请到台场附近的交流馆，第四次搬家。

日本人的搬家公司很贵，便宜一些的中国人的搬家公司，起价也要一万日元。我每次会买750日元的一日券，搭电车从早搬到晚。为了减少往返次数，我尽可能往背包和行李箱里塞东西，在拥挤的车厢里磕磕绊绊而不停对人鞠躬道歉。但我没有办法，如果不抓紧时间一天搬完，第二天就得重新买车票。

我不知道下次什么时候搬家，如果有大家具就必须请搬家公司，所以只买生活必需品。直到第四次搬家后，有了招待朋友吃饭的空间我才去买了第二副碗筷。

2

去家居店那天晚上，我在电梯里碰到住在隔壁的男生。

之前与他有过两次照面。第一次是搬家当天，灰头土脸的我推着大箱子经过时看到正要关门的他，大概来来回回的动静吵到他，他面无表情地瞥了我一眼后"砰"地关上门。对方没礼貌，我也省了道歉。第二次是一周后，我拎着一袋垃圾在楼下遇到正要出门的他，我打算视线相遇就打招呼。他没看我，踩着单车很快消失在转角处。

有了前两次的经验，进入电梯后我只顾低头查附近哪有家居店，而站在旁边的他也一言未发。说实话，在封闭的空间里与一个可能厌烦自己的人独处非常煎熬。我只想尽快与他分道扬镳，出公寓后见他的趋势是往右，我立刻往左。

"不是那边。"他突然开口。

没想到他会搭话，我过于惊讶而慢了半拍。

他瞟了一眼我的手机："VenusFort 一楼有家 Nitori，这边。"

他正好也去那家店，我有些别扭地跟在他身后，补上了那天欠他的一句道歉。

"手臂的淤青是那样来的？"

在家居店里，我抬手拿货柜上层的碗，袖子滑下来，被他看到了。

"嗯。"我不自在地拉了拉袖子。

"为什么不找搬家公司？"

"我很穷。"并不打算对他解释一万日元和750日元于我而言的差距。

"不仅穷，还没什么朋友。"

他一语道破，我反倒轻松。结完账他顺手从柜台上拿走我的购物袋，我又错觉他是个好人。隔天大邮箱取信，看到贴有他名牌的标签。

严光遇。

这是我到日本后第一次知道邻居的名字。

后来熟识到我可以用脚踢开他的门，饿了就去他冰箱找吃的了，我仍耿耿于怀他当初为什么讨厌我。他直白地说算不上讨厌，只是觉得女生这种生物一旦招惹上就会麻烦不断。

"我又不会麻烦你。"

"但愿不会。"

他生活有序，目标明确，毕业后会成为一名脑科医生。仗着医生只要医术过硬就能在洪水猛兽的社会中立足，懒得与人做表面友好的功夫，大刀阔斧地精简自己的人生。同楼有个胖胖的中国女生对他一见钟情，隔三差五不知分寸地给他拨内线，他就拔掉了电话线。有天凌晨，女生穿着睡衣来送特产，话未开口，他就关上门。

"如果不想见，你假装不在就好了啊。"

"开门再关门，是告诉她以后不要再来了。"

"你这做法太伤人了，知道失恋多痛苦吗？"

"每一秒全世界有 4.1 人出生，1.8 人死亡，有战争也有解放，失恋不算大事。这几栋楼里有多少男生的门被她半夜敲过，她又被多少男生赶出去过，据我所知不下五个。"光遇不以为然，"我没有时间供无意义的人浪费。"

既然如此，为什么在发现我走错路时叫住我？

对此，光遇慢条斯理地说明缘由："偶尔行善积德。"

我气结，偏又无法反驳。人与人之间，对错可以申辩，冷漠却让人无计可施。一扇不愿为你开启的门，努力去敲只会显得没教养。

我自己过得不轻松，想来别人也有各自的不易。原本这出于一种悲观的念头，却让我更容易理解别人的生活方式，即使不认同也不愿苛刻。也许正是因为这一点，光遇认为我绿色无公害。而他在人情上显得刻薄，却不是斤斤计较的人。逐渐的，整层楼里我们来往最多，成为完全不同的"同类"。

3

日本只有元旦，没有春节。

我已经很久没在家过春节了，我妈妈仍旧怕我孤单，问到我的新地址后给我寄了一箱食物过来。光遇因为有学术发表会，被迫留在东京过年。虽然看不出来，但他真的非常擅长做饭，到了除夕夜，我挑了些香肠、排骨和碧根果之类的去搭伙。

"肉类能过海关？"

"严格上讲不能，但我妈妈每年春节都想碰运气。"

"每次都收到了？"

"只有这一次。"我告诉了他秘密，"之前都被没收了，但我跟她说我收到了，吃光了。"

"原来你会撒谎。"光遇啧啧感叹。

"她只想给我一些亲手做的吃的。既然明白她的心情，我实在说不出口。"

"回家过年就好了，可以提前买便宜的打折机票。你不是申请到几份校外奖学金吗？"

我摇头："我在存钱。"

"为什么？结婚？"

"什么啊，等我毕业时，想让我妈妈过上好一点的生活。"

"哦。"

我在跟你真情流露，"哦"是什么意思？

这个人向来反应冷淡，也在意料之中，我咂咂嘴，那点情绪很快被抛到脑后。

其实我很羡慕光遇。

他有能力把理想和幸福握在手心，所以也有对这个世界说"不"的资本。而我没有，直到二十五岁还在人生中寻找不可名状的某些东西，拉着箱子从世界的一个地方到另一个地方。我没有翅膀，只好拼命奔跑，常常把自己弄得灰头土脸。摔倒过很多次，才学会如何爬起来。

我没有觉得心酸或者委屈，每一条路都会有晴有雨。我也没有想过一定要达到某种程度，我只是想，如果我再努力一点，我妈妈的骄傲是不是也会再多一点呢？这个世界上的信任和爱，总是让人拼尽全力。

我正在发呆，光遇给我盛了一碗绿豆汤，又夹了一块排骨放在我碗里。

"啧啧。胖妹妹该有多嫉妒我。"我学着他的强调感叹。

"吃饭时不要讲影响食欲的话。"他白了我一眼。

"无法想象将来谁能忍受与你一起生活。"

"我可没考虑过让人插手我的生活。"他抛来光遇式范本短句。

"你怎么不问我将来想和什么样的人结婚？"

"……"

"我想和温柔的人结婚。"

"……"

"也不是说性格特别温柔，只是因为爱我，所以对我很温柔。不会与我争吵，也不要求我多么成功，只要看到对方就不自觉地开心起来，傻瓜情侣一样……"

"男人的温柔就像女人的心情，你不要被骗。"

"算了，你不懂。"我埋头吃饭。

你我之间半透明

4

妈妈打电话过来时问肉好不好吃，这次我回答得很真挚，她并未察觉区别，心满意足地挂了电话。离家以来很少与她通话，辛苦的时候不会讲，辛苦之后也不会讲。她每天工作时间很长很辛苦，我不忍心让她担忧。而且，如果依赖她太多，就不能成为她的依靠。

春天，我升入二年级，主要任务是完成论文。导师说本学期的seminar 与我的研究无关，只用定期给他报告进度，平时不用去学校。这是我到日本以来最悠闲的春天，一个人去看了好几场樱花。

光遇三月中旬去英国交流，他把钥匙留给我，偶尔帮他扫扫灰尘。他人不在，同楼层的女生们在大厅里大声讨论他。我路过时难免被八卦和他的关系。我说是朋友。没有得到预想的答案，她们有点高兴又不甘心。

"真的只是朋友。"我摩挲着手里的钥匙扣，"你们觉得他那种男生会喜欢一个人吗？"

她们想了想，似乎认同了这个观点。

人生一帆风顺、把个人喜好作为生活准则的光遇，虽然有点难想象，但也可能在某天爱上某个人。对此我抱着幸灾乐祸的想法，好奇那天来临时他是什么表情。我们住在隔壁，差距却不止一面墙。我对他没抱幻想，甚至觉得他转头就能断绝与我的往来，彻底忘记我。

而下一个季节，我遇到了喜欢的人。

光遇四月从英国回来，五月去京都，六月他在东京时，我去美国参加研讨会，七月又轮到他回国，我们阴差阳错很长时间没见面，偶尔发条微信确认彼此还活着。当我变成怀春少女窝在光遇房间里吃着零食碎碎叨叨讲那个人的事时，已经是八月，他没把我赶出去真是谢天谢地。

"是个什么样的人？"

我递给他照片，他瞟了一眼，有点无语。

"是个很温柔的人。"

"我说过，男人的温柔就像女人的心情。"

"我知道。"我有些暗淡。而且我和那个人之间原本就有很多难以跨越的问题。我缺乏信心，料想对方也是。

"即使最终都会死，人也选择出生。尚有胜算的恋爱已经好太多了。确认恋爱是否成功的唯一办法，难道不是去恋爱？"

我曾觉得爱一个人与希望被另一个人爱的想法，光遇不懂。但我可能错了，不擅长的是我。

我目瞪口呆地望着光遇，他一脸平静。

5

秋天，恋爱和论文走向瓶颈，毕业后的规划也无法确认。

一年的好生活一笔勾销，即使我已经很擅长忍耐，人生稍有变数仍旧无计可施。到头来我还是一无所有。

人生是不是总是这样循环的呢？临近抉择时就阻碍重重，乱七八糟。这次我却不能轻易带着箱子上路，我停留在原处，不通关就无法晋级。

郁郁寡欢时接到爸爸的电话，说妈妈身体不太好。以前家庭氛围不算太好，渐渐年迈才意识到往后的人生只有身边这个人会与自己共度，于是一个病倒，另一个便慌了神。他支支吾吾，又假装只是日常关心我时顺便讲到这件事。如果不严重，他不会特意打电话来。我一再追问，他才讲出实情。妈妈腰痛了好几个月，检查出肿瘤，良性恶性还没有确认。

挂断电话后我立刻网上查询回国航班，电话响起来，这次是妈妈。

"我正在订机票，明天就回去。"

"你爸爸真是年纪大了不中用，自己胆小还打电话吓唬你。医生说恶性的可能性不高，我又不是要死，你回来干吗？不毕业了吗？"

"毕业能比妈妈重要吗？"

"你付出多少努力才走到现在，你以为我不知道吗？不要瞎操心，我没事。"

"可是……"

"你的人生更重要。"她语气和缓了一些，"听话，我真的没事。"

她态度坚决，我这样回去只是给她增添担忧。我焦虑不安，不知道该怎么办。鼓起勇气给那个人打了两次电话，他没有接，后来我没有再打过。

我问光遇和父母关系如何，他轻描淡写地说"普通"，转移话题般问了句"你呢"。

"小时候我妈妈因为工作不在家，中学时不知道我的教室在哪，到了大学只知道我在成都。后来我跟她说我要去远一点的地方了，她问哪里，我说东京。"

"然后你就来了？"

"然后我就来了。"

光遇没有说话，抬手摸摸我的头。

"她总是由着我。哪天我告诉她我要去月球了，她也会说好啊，路上小心哦。"我接着说，"我说你怎么不管管我，她说我相信你。"

"你妈妈很好。"

"嗯。"

我到了想节约年龄的阶段，却没算过妈妈今年多少岁。因为没有算过，所以觉得她还年轻，觉得她永远和年轻时一样，一切都好好的。

即使同一句话，她常常说过就忘，又会讲第二遍了。同一个困扰，她也会忧心忡忡问"怎么办"好几遍。时间和命运对她并不宽容，她的前半生没有赢过幸福，后半生又输给衰老。我只想着将来会更好，却没考虑她能等我多久。

当我走出世界很远，见过更多的人和更广阔的天空，我唯一能确认的，只有她很爱我这件事。我希望她的时间慢一点，看着我久一点，记得我久一点，爱我久一点。

因为这个世界上，爱我的人，除她之外已经不多。

因为这个世界上，"妈妈"这个身份一生只有一个人。

因为她是唯一的那一个。

"光遇。"我顿了顿，"其实我觉得自己快不行了。"

"都会好的。"光遇说。

6

几天后检查结果出来，我屏住呼吸按下通话键，听到妈妈用提高了两度的愉悦声音说出结果后，心里的石头落下的同时，整个人也彻底松垮下来，疲惫不堪。

我给光遇发了消息，他今天有个重要的期中发表，没有很快回我。

你我之间半透明

我合上电脑，坐在地毯上靠着墙壁，不知不觉睡了过去。

醒来时已经晚上九点，家附近的超市月中有打折活动，我换了衣服赶着关门前去屯些食物。十二月的海风吹得人快迈不开步了，我低着头，下巴埋进围巾里，双手提着两只大袋子回家。

我从台场海滨公园走到台场，再从台场走到科学馆。路上没有行人，世界只剩我一个。平时步行二十分钟的路程，那天我走了近一个小时。

经过桥时，我抬头望了下天空，看见了星星。

东京总是能看到星星啊。我喃喃。

这些年我究竟在哪里呢？

我在空旷的街道，在无人的离岛，在寂静的深夜，在光怪陆离世界的狂风暴雨里。我曾想去海底，去森林，去天空，去某个人的梦里，去那些只能想象却不能抵达的地方。我对世界好奇，试图从中找出更好的我。世界是相对存在的，我向前走出多远，也离开身后多远。

而那永远注视着我的目光，已经等待很久了吧？还可以等待更久吗？

未来真的会变得更好吗？又需要多久呢？

我什么都不知道，我太傻了。

"原来你在这里。"我听到光遇的声音。

"你怎么会来？"

"超市十点关门，十一点了不见你回来，所以来接你。"

"……"

"你这速度和乌龟赛跑也会输啊……你怎么了？"

"没事。"我一边说着一边毫无预兆地掉眼泪。

"是因为你妈妈的事?"

我摇头。

"那个人的事?"

我摇头。

"是毕业的事?"

我拼命摇头。

"不要哭啊……Yui……?"

"我就不能哭会儿嘛!"我瞪着一直戳我伤口的他,结果因为说话鼻涕掉了出来。

"好了好了。"他不知道发生了什么事,笨拙地安慰我。

"呜哇……"我哭得更大声。

"……"

光调无奈地笑了笑,伸手把我拉了过去。我的额头抵着他的胸门,感觉到他轻轻拍着我后脑勺的手有着奇怪的温柔。

那天我哭了很久,好像把积攒了很多年的眼泪一口气流尽了。

要在春天之前把眼泪全部流尽。

这样,在明媚的春光里就能开始新的生活了。

——如果我开口，你会发现我的秘密吗？

茫茫

有时又觉得命运是可爱的,
在每一段痛苦中,
都为她安排了一个
继续走下去的理由。

你我之间半透明

1

——有时我想问问世界。

——这里有人愿意爱我吗？

2

正午的光线刺眼，池筱抬手盖住眼睛。

再睁开时，眼前白茫茫一片，有一道金色的弧线闪现。

陈南从自动贩卖机拿着两瓶可乐回来的时候，池筱正在拼命揉眼睛。

"眼睛里进东西了？"

"看天空太久有点疼。"

池筱甩甩头，定睛，金色的弧线消失，视线终于找到焦点，接过递来的可乐的同时，看着陈南忍不住又夸一次，"你短发真好看。"

陈南满意地撩了撩才烫好的梨花头，刻意掩饰过的眼影在阳光下细细地闪耀着。再看看池筱，她挑剔地蹙起眉头："难以想象你这个暑假又是在快餐店打工度过，你看你，不去旅游，不去一次美容店，不改短校服裙，不谈恋爱，明明青春正好却要老气横秋地度过，眼看现在高三了，再不抓紧时间好好利用，对得起你的青春吗？话说要不要先去剪个头发改变？我推荐我的理发师给你？"

"太晚了。"池筱嘀咕了一句。

"什么？"

池筱抬眼，看着陈南露出笑容："我是说，高三学生的绝对恋人只有一个，就是高考。"

巴掌总打在棉花上，陈南拿她没辙，转念想起另一件事，神神秘秘靠近过来："最近暗暗流传我们学校有女生假期在青川遇到流氓了，据说是我们年级的，你听说了吗？"

"流氓？"原本反手后撑在草地上的双臂几乎立刻吓得失去力气，少了支撑点，身体也随之仰躺下去，慌张过头，说话也不利索了，"从……从哪里听说的？"

虽然知道池筱是晚上九点以后不出门的乖乖女，陈南还是被女生过激的反应打败了，恨铁不成钢地伸手拍拍池筱的脑门："你是小学生吗？对得起你的青春吗？"

校园里的青春分为两类，在沪水一中这样的汇聚了优等生的省重点里也不例外。一类人是锁定目光的清晰焦点，另一类人只是被一闪而过的模糊背景。池筱属于后者，成绩平平、长相平平，是每次编排座位到最后才被班主任想起来、大街上遇到同班同学时也不能立刻被叫出姓名的那一类。

她最好的时候所拥有的，也只是这样的乏善可陈的、灰败的青春。

如果一定要从里面找出些明亮的存在——

午休结束后，池筱与去音乐教室上课的陈南在敏行楼前告别，正要转身回教室时遇到了从室内体育场出来的俞樟。

此时男生穿着宽松的白色球衣，头发湿哒哒地搭在额上，干净的脸上泛着红，似乎能看到浑身上下冒着的透明热气。

这和他平时干净温和的形象不同，池筱站在原地多看了几秒，想撤回视线时已经晚了。俞樟发现了她，笑着叫她的名字。

他的眼睛看着她，眉毛和嘴角的弧度温和地慢慢展开，露出很近的、让人安下心来的笑容。

"午休去做什么了？"

"在操场上和朋友聊了会儿天。"池筱往敏行楼室内体育场的方向看了看，"去打球了吗？"

"临时被叫去凑人数。"男生说，"上次回去后还好吗？之后也没再给我打电话，我一直担心。"

"对不起，没有交话费，手机停机了。"池筱咬了咬唇，"上次给你添麻烦了，被集训的老师骂了吗？"

"没有，没人发现我出去的事。"

"集训顺利吗？"

"嗯。"

"那就好。"握着可乐的双手因为太用力而关节泛白。

回教室是同一条路，两人自然地走在一起。

池筱下意识地走在俞樟身后拉开些距离，他长手长脚，上楼梯时两人的身高差距起伏着。池筱看到男生后背湿了一片。

很热吧?

口渴吗?

池筱手里紧紧握着那罐还没喝过的可乐，心里毛茸茸地发着痒，嘴上却硬邦邦地难打开。

这些简单的话也不能说出口了。

直到进入教室坐下，池筱再次望了一眼男生的背影，已经握得汗津津的手心慢慢松开。

——如果我开口，你会发现我的秘密吗?

3

池筱是三口之家，唯我独尊的继父、唯命是从的母亲和中规中矩的女儿，在这样的家里言行稍有不慎便会引来风暴。女生沿着一条简单的轨迹成长到十七岁，开学时往返于家和学校，假期往返于家和打工的奶茶店，透明、规矩、小心翼翼，以及胆小紧张。

去办公室交练习册，被班主任说"等一下"时，已经转身向外走的池筱吞了吞口水，心立刻往下沉了沉。

被画满了红叉的数学试卷摊开来放在桌面上。

"27分? 你考试那天睡着了吗? "镜片后的双眼犀利地盯着自己，不可思议的语气，"别人的弱项变成高三后最大的提分项，你倒好，破罐子破摔了是吗? "

承认弱点并不羞耻，但弱点本身是。

办公室里走动的老师和学生纷纷投来视线，看着池筱迅速涨红的脸，班主任抬手扶了扶眼镜，试图让语气缓和一些但没成功。

"听说你没有订招生考试报，没有交午餐费，不参加补习，还在外面打工，你家很困难吗？你爸妈不管你吗？"班主任的头上简直快要冒出一个巨大的问号，音量不由自主被提高，"你回去跟你爸妈商量下，看是他们来一趟学校呢还是我去做一次家访。如果他们说你不参加高考我也就不管了，不然这太不像话了，哪里有点高三生的样子，影响学习氛围的事决不允许发生在我的班上。"

从办公室回来后的眼保健操课间，池筱脖子重得抬不起，整个人趴在桌子上，和课桌表面的纹路大眼瞪小眼。

"她怎么了？"俞樟用眼神询问旁边的佟夕琉。

"恢复电量中。"佟夕琉笑着回答的同时伸手揉了揉池筱的头发，她原本是来问池筱要不要一起去小卖部的。

池筱终于把头从桌面上抬起来，苦着脸望着神情自若的两人。

和往常一样，佟夕琉和俞樟这次也毫无悬念地占据前两名的位置。

"想潜入你们的大脑复制一份智商回来。"

"别浪费才华，直接潜入出题人脑袋更有效。"佟夕琉说。

笑不出来。

事实证明神理科的难度是滚雪球式的，进入高三后的每一次考试都能气势汹汹地把池筱碾压一遍。

班主任怒火喧嚣那天，在场目睹全过程的英语老师对池筱生出些怜悯。

"如果当初选文科就好了，我记得池筱好像很擅长历史。"

当初在理科班看到池筱的时候，俞樟也露出惊讶的表情。

"你不是说会选文科吗？为什么最后选了理科？"

"沪水一中的理科是王牌嘛。"池筱笑着说。

如果时间往前推一些。

高二开学前，在需要家长确认选科表的当天。

妈妈问池筱选什么，女生回答文科，继父意外地插手进来。

"文科死记硬背能学到啥？你不就是图文科比理科好考大学？考个垃圾大学学费死贵，毕业了找得到好工作才有鬼。我可不想卖命供你读书，最后屁用没有。"

言外之意是读不擅长的理科，考不上大学最好。

池筱争辩无果，眼看继父火气就要上来，妈妈眼神示意她别再说话，就这样坐进了理科教室。

如果时间再往前推一些。

在十五岁的夏天，班主任特意打电话来通知池筱考入了沪水一中的高中部，挂断电话后，脚底踩在云上的池筱看到继父明显不快的脸。

晚饭时妈妈做了红烧鱼表示祝贺，继父沉着脸一筷子挪不动，从冰箱里拿出一袋榨菜自顾自拌饭吃。

"你辛苦一天了，吃鱼。"

"天生劳碌命，吃不起。"

"筱筱考入沪水一中不容易……"

"活人哪个容易了？"继父的不快爆发，"之前计划好了读职高，三年后就能出来工作，结果偷偷摸摸报了高中，沪水一中是你念的吗？

你念了有个屁用！"

"多读书不是挺好的吗？多少人想考都考不上，以后筱筱考上好大学了能挣更多钱孝敬你……"

"三年高中完了念四年大学，你们母女俩早就商量好了算计我是不是？"继父越说越气，手一挥摔碗，"以前的女孩子读书少也没见死了！"

擅长或者不擅长不重要。

选科也不是高三成绩下滑的主要原因，班主任说得没错，考数学那天，池筱的确在睡觉。

只是懒得动了。

人总输给命运的覆雨翻云手，徒劳的挣扎除了姿态难看没任何用。

——如果我能早有觉悟，也不会变成后来那样。

4

经过几场雨后，气温骤降。

空气灰蒙蒙的，这一带的旧居民楼也随之显出颓势。楼层低，建楼的时候电梯公寓尚未流行，水泥墙外贴的棕色瓷砖已经掉了很多，裸露的墙壁上留下雨水的痕迹。这里离市中心远，步行不久能看到乡下的田地。

池筱家在六楼，两室一厅，继父搬来后进行翻新，格局大改过，但这是爸爸留下来的家。深呼吸时，沁入脾肺的空气里似乎还有爸爸的气息。

池筱身上的校服还没换下，伸长双腿坐在房间靠门的一块泡沫垫子上。离自己最近的是一盒心相印抽纸，百无聊赖，从中抽出一张用拇指和食指捻着玩。

客厅里的声音清晰地传进来。

"我不知道，平时她自己准备的。但午餐嘛吃饱了就行，吃家里还是吃学校的不是说自由嘛？"

"什么报纸？招生？我不知道，我们给她出学费，她自己打工有赚钱，订报纸这些杂费的事儿我没听说过。"

"打工得交学费啊，你们沪水一中的学费比其他学校贵太多了。"

"您说得对。"

"读大学肯定是好的，有文化当然好啊，不过得分人对不对？你看我们家池筱资质在那，我觉得她不如高中毕业了早点去工作好。"

"你们沪水一中那么有名，她一个人没那么大本事，影响不了升学率，放心。"

"是是是，现在还是未成年的高中生。"

"……"

几天前回来转达班主任的话时，向来重视一家之主地位的继父说："他想聊什么？你们学校太远了，我白天要干活，想聊就到家来聊。"

能跟继父说得通才奇怪，池筱能想象出班主任变青的脸，有点想笑，又有点同情。池筱把耳机塞进耳朵开始听歌，座位旁边已经有一堆捻完的纸条，卫生纸的白色尘垢洒得到处都是。池筱把那些长条沿着门缝塞，堵住声音的入口。

你我之间半透明

——爸爸，如果你在，会说什么？

池筱七岁时生父病逝，房贷没有还清，又欠下一笔医疗费。

一年后，亲戚给妈妈介绍了继父，脾气大，没学历，优点是"不嫌弃帮你们收拾烂摊子"。继父是大男子主义，容不得半点忤逆，说来就来的暴风雨给邻居添了不少麻烦。

池筱念初二那年，继父给百货商场安装监控器时从梯子上摔下来，腿折了，落地时又被铁钉硬生生刺穿脚掌，在家疗养了大半年，拿到一笔赔偿费还清了剩下的债。此后继父决定所有事，掌握着财政大权，但心里始终有嫌隙，把旁人的玩笑当真，觉得用自己的血汗钱养着别人的女儿，对这个家的容忍度变低，脾气愈发暴躁。吵过闹过，后来妈妈大概发现忍气吞声更轻松，索性对命运逆来顺受，现在不会对继父的话说任何"不"字。

池筱抱着"不能给家里增添负担"的念头，从初三毕业后的夏天开始，假期都在奶茶店打工。她想快点长大，但在真正独当一面之前，只能厚着脸皮继续麻烦继父付学费。

就在一个多月前，被告知妈妈肚子里有了新的生命。

常年阴晴不定的继父终于因为老来得子而长时间转晴，对妈妈的肚子视若珍宝，为了养未来的孩子更加卖力工作和更仔细地规划未来。

"你妈妈身体不好，现在辞职在家安心养胎，家里收入减少，也不指望你为我分担，但你快十八岁了，成年人就要靠自己。"

继父委婉地表示如果池筱明年坚持去念大学的话，就自己申请助学贷款，因为养小孩很花钱，以及为了给小孩好的环境，正考虑卖掉这个房子搬到离市中心近一点的地方。

"学费我自己会想办法，但卖房子我不同意。"

"老子还的房贷，要住要卖用得着你同意？"论比嗓门，继父没输给过谁。

"这是我爸爸的房子，你不能卖！"池筱反应很大。

"筱筱，不能对爸爸没礼貌。"妈妈试图阻止事态恶化。

"妈妈，你觉得这样真的好吗？你忘记爸爸了吗？如果通灵的话，说不定爸爸还能在家里走来走去，说不定现在就坐在沙发上看着电视……"

"啪——"

"看吧，果然养的是白眼狼。"继父举起手暴跳如雷，"现在要造反了是不是？！"

脸上留下清晰的五根指印，女生捂着脸不让步："你不能卖这房子！"

"筱筱你少说两句……"妈妈说。

在这个世界上有且仅有的家里，有着寄人篱下的不安，不想待在这里，可是除这里之外已经没有任何地方能去。

那天晚上从家里跑出来的池筱拨通正在基地集训的男生的电话，听到他温柔的声音时，突然"哇"地大哭起来，像抓住救命稻草一般哭着问"我能不能去找你？"，把俞樟吓了一大跳。

和悄悄溜出来找自己的俞樟见面之后，被男生像对待小孩子一样，一边轻轻拍着后背安慰一边递上纸巾时，女生虽然哭得更大声，心里却是暖的。

悲伤和喜悦是不能通过哭声来辨别的。

在黑暗的世界里，被隐隐的光亮感召，它存在，它在那里。

我看到过，我想握在手心。

说不定，一切痛苦都是伏笔，命运早就另有深意。

5

——爸爸，有人说所有生命都是宝贵的。

——爸爸，把人生推翻的新生命也宝贵吗？

6

"我继父跟张老师说一中学费太贵不合理。"池筱对走在旁边的男生说，"最后张老师解释了一通学校设施之类的，估计他也是头一次遇到这样的家访，刚才在教室里和我视线交汇时，我们对彼此露出了革命性的理解。"

俞樟静静地听。

"对不起，每次都跟你讲一些没用的东西。"

"我上次说过了，你可以跟我说任何事。"俞樟宽慰地看着女生，"不过以后不要大晚上独自出门，最近治安不好。"

"你听说什么了？"池筱看着俞樟。

"不是你们女生间在传那些空穴来风的事吗？但注意安全是好的。"

进入高三后，整个五楼自动提前进入冬天的萧条，在枯燥的刷题和渺茫的未来的冲击之下，窸窸窣窣地流传开来的"女生在青川遭遇流氓"的八卦消息成为近期缓解压抑的乐趣。

"没想到俞樟也会关心八卦。"池筱用鞋尖碾着一片落叶。

你我之间半透明

"我是关心你的安全。"俞樟说。

"如果，我是说如果，如果遇到流氓的女生是你妹妹，你会怎么办？"池筱看着俞樟。

"你认真假设吗？"得到女生肯定的眼神后，"我可能想把他们杀掉。"

"如果是我呢？"但没等男生回答，池筱先笑着打断他，"对不起，做这种假设挺过分的。不管发生在谁身上，我都希望你是好好的。"

"要大家都是好好的。"俞樟说，"昨天开会说到秋季运动会，体育委员说'一千五百米肯定还是池筱去跑'，张老师说'池筱那么瘦，真是小小身体有大大能量'。身体有大大能量的池筱，是能克服很多困难的。"

秋天，枝头的绿意逐渐消退，清冽的光线照在男生的脸上，黑发、眼睛、鼻翼、唇，清楚地尽在眼前。暑假里他好像又长高了些？唔，也可能是错觉。

"俞樟，你记得我们第一次说话是什么时候吗？"池筱突然问。

男生想了想："高一入学测验之后那天吗？应该是去拿通知书那天，在富扬二中附近的卡乐卡里吧？"

"拿录取通知书那天是 7 月 13 号。"

"是吗？你记性太好了。"

其实还可以更详细的。

7 月 13 日，气温 33 度，美家好超市的所有肉类打六折，碧江路口实施着步行者天国，全天车辆禁行，去学校拿录取通知书之前妈妈悄悄塞了五十块零花钱给她坐出租和买奶茶。池筱记得清清楚楚。

在学校附近的卡乐卡里，池筱买了一杯芝士奶芙去找座位。穿着富扬二中校服的男生正低头翻着一本书，侧面干净爽朗。他右边两个位置空着，池筱犹豫了下，选了更远的那个。过了一会儿，感觉阴影靠近，余光里发现男生为了给一对朋友让座自动右移，坐到了自己旁边。

池筱收回视线，将注意力转移到桌面的信封上。

沪水一中的录取通知书看了好几遍，阅读入学事项时不留神打翻了还没来得及喝的饮料，祸及坐在旁边的男生。在她手忙脚乱试图挽回的过程中，又连同对方的奶茶一起带翻。

池筱不停道歉，男生礼貌地笑笑，找来抹布帮她收拾残局。

"对不起，我给你买一杯新的。"

"不用，我那杯已经快喝完了。"

"可是……"池筱过意不去。

"我在这里等妹妹补习班下课，正好现在该去接她。"

他注意到桌上的信封，笑起来："我也报了沪水一中。"

"是吗？"池筱眼睛亮起来。

"嗯。"他的声音和他的人一样，像和煦的光。

那天就到这里为止了，告别时没有互留姓名。

再次听到那个声音是一个半月后。

新学期第一堂班会课上，大家轮流上台自我介绍。

"我叫俞樟、来自富扬二中。"

正在给陈南发短信的池筱停下动作，抬头。

男生正鞠躬到一半，直到他重新站直身体，阳光照耀在他干净的脸上，落入他的眼眸深处，闪闪发光。

开学当天的课间，和班主任交谈着的俞樟走来，池筱不知道那点微弱的关系是否能达到上前"相认"的程度，当两人擦肩而过时，俞樟对池筱的注视回以礼貌的微笑。那点浅薄的偶遇就到此搁浅，不需要再确认了。

没想到很快有了新的交集。

中考时大爆发的运气没有继续延续，在汇集了42名优等生的新班级里，池筱在入学测验中是第41名。女生参加新生的逐个约谈会那天，轮到俞樟值日。等她回教室取书包时，发现俞樟正站在讲台一侧，心里忍不住又紧张了一下，尽管从手里拿着的纸笔猜测出他只是在抄课程表，但成绩单就在课程表旁边，他应该看过了。

听到动静的俞樟回头，看到约谈会回来的女生一副颇受打击的表情。

"没事吧？"他有些不确定地问。

"唔……"

"这次考试没好好发挥的事？"

果然看到了。

"其实也不是没好好发挥啦，听说有人中考考了627分，我过录取线全靠人品。"池筱破罐子破摔。

"你和我妹妹很像，那丫头每次考试都要哭一场的。"俞樟笑笑，"小升初时意外地考了第八名，她也说全靠人品，但我知道她每天晚上都在看书练题，可能不擅长的题最后也没搞懂，但机械地记住了方法和步骤。即使凭空而来的运气，也需要风吹一吹。"

想起上次遇见时他在奶茶店等着接妹妹回家，眼下提到妹妹时也是一副宠溺到让人融化的表情。善意、体贴、温柔，如果有这样的哥哥会很幸福吧。

"羡慕你妹妹。"

"嗯，有时候我也很羡慕她。"两人的羡慕含义不同，俞樟沉吟片刻后转回正题，"一中可能是想杀杀优等生的威风，第一次考试才出这么难的题。何况中考结束后整个假期根本没看书，不能算大家的正常水平。听说全班这次数学和英语及格的只有十几个人。"

"只有十几个人？"池筱惊讶。

"嗯。"

俞樟诚恳的态度减少了交谈的压力，得到治愈的池筱有些放松："你怎么还没回去？"

"交完资料后在厚德楼碰到语文老师，被叫去谈话了。"

"你的语文考砸啦？"

"算是吧，语文是我的弱项。我初中入学考试时语文没及格，直到中考还为此吃了苦头，因为作文写不好。但提升自己不擅长的知识点，进步会很大。"

俞樟已经抄好课程表，离开教室前补充说："有人中考是满分的，人和人之间一比较起来就没有终点，做到自己最好的程度就够了。"

池筱拎着书包准备回家时，在门口犹豫了下，转身走去讲台。

抱着些先入为主的念头，从中间部分开始找起，在成绩单上来回搜寻的目光最终落定在最上端。

第一名，佟夕琉，612分。

第二名，俞樟，608分。

他没说谎，总分被扣掉的22分里，有12分出自语文科目。

同一条河流里也有不同的流淌轨迹。

一周后，性格和成绩一样好的俞樟被推选为班长，成为众人围绕的中心人物。而坐在靠窗角落里的池筱自然地负责起安分守己的角色，像橱柜里的铁罐子，不惹眼但很放心。

你我之间半透明

　　直到秋季校运动会。

　　女子一千五百米的项目迟迟无人问津，最后一堂确认名单的班会课上，站在讲台一隅的俞樟露出为难的神色。

　　在一片推诿声中，能勉强跑完八百米的池筱鬼使神差地举起了手。

　　体育委员记名字时迟疑地看过来："名字是？"

　　在回答完"池筱"后，对方抓抓头，尴尬地问："哪两个字？"

　　"我来写吧。"俞樟说。

　　池筱看着男生接过笔，顺利地在报名栏里一笔一划写出自己的名字。

　　俞樟的手指细长，带着少年特有的骨节分明的硬朗，被这样的手写出名字，总觉得有点不一样，也有点高兴。

　　哪怕是以这样为开端，往后运动会的一千五百米项目，池筱都因为"有过比赛经历"而成为参赛的固定选手。

　　——你不知道，有很多弱点是因为被你看到我才觉得丢脸。

　　——你不知道，小小的身体里有大大的能量是因为有某个人在。

　　——你也不知道……

　　其实我们第一次说话是在更早以前。

7

　　学校论坛的 BBS 上流传出一段十秒的小视频，和青川事件有关。

　　黑黢黢的环境里，镜头很晃，隐约能分辨是三个男生在追着一个女生，看不清楚相貌，拉近距离时掠过头部，镜头在女生摔倒时结束，不知道是谁发出来的，当然也不重要，也不影响疯传。

BBS 的视频很快被校方删除，没有任何证据指明其中涉及一中的学生，唯一有关联的一点是，为首的男生领口露出的物件被人认出来属于隔壁学校的颜齐，公子哥小混混，颜齐的妹妹颜嘉在沪水一中的死敌学校读高一，不是好惹的人，因为颜嘉和佟夕琉私交好，常常来一中找佟夕琉，高三三班的同学们想从佟夕琉口里探听口风，自然无果。

传来的最新消息是在视频流传的前一周，颜齐出车祸死了。

午休和陈南碰面时，相比之前对八卦的毫不关心，这次显得有点心有余悸。

"原来不是空穴来风啊，突然觉得被高考折磨的我们也没那么惨了。"

"是吧。"池筱心不在焉。

这个世界上的悲剧只属于当事人，对于旁观者而言是按需自取的素材，有的打发无聊时光，有的满足八卦私欲，有的让人得到自省宽慰。世界之大，你永远不知道有着怎样残酷的不幸，于是自己的痛苦被减量，舒上一口气感叹其实在还算不错。

"恶人有恶报，也算大快人心了。"

陈南俨然一副剧终的口吻让池筱蹙起眉头。

"大快人心就算完结了吗？受伤害的女生怎么办？如果那个女生是我，你会怎么想？"

"哪有这样咒自己的，瞎说什么呢。女生当然值得同情，但人都死了，还能怎么办，反正没人知道她是谁，就当做了噩梦继续活吧……那你午餐吃的什么？"

陈南奇怪地突然转移话题，池筱慢半拍回头，才发现颜嘉正从走廊那头走过来，颜嘉是一个高挑、好看的女孩子，之前见过她来找佟夕琉，池筱认得出来。两人视线交汇，等到走过去了，颜嘉再次回头，狠狠地瞪了池筱一眼。

这是两人第一次正式的交集点。

小视频被传到家长群里后，引起了强烈的声讨。

连饭桌上妈妈也提起这件事。

"那事是真的吗？学校里有没有采取什么措施保障你们的安全？"

"都拍出来了肯定是真的，你现在给我好好养胎，别瞎操心，也别看那些乱七八糟的东西，免得影响我宝贝的胎教。"最后一句温柔的话是对着妈妈肚子说的，转而看着池筱，音量又提高起来，"以后你不许大晚上给我乱跑，万一出点什么事，别人还以为是我没教好你。"

"如果出事的是我呢？"池筱问。

"这种话不能随便说。"妈妈正色道。

"要真发生败坏家门的事，你就给我死在外面好了，所以给我好好注意言行，女孩子就要有女孩子的样子。"继父说。

别人的家人是"我可能想把他们杀掉"，而你的家人是"就给我死在外面好了"。本来就不该抱什么期待去问，答案原本就是知道的。可人总是非要把侥幸彻底踩碎才死心，何必呢。

升旗仪式上校长严肃警告大家不能胡乱使用 BBS，一旦查出谁故意捣乱，立刻开除，然后宣布了高三第一次模拟考试的时间，这次针是扎在自己身上的，台下立刻哀声一片。

在这些大新闻冲击着校园宁静的秋天，发生了一件小事。

一天早上，池筱在楼道里被邻家突然跳出来的猫吓了一跳，脚下失去重心的同时身体也彻底没了平衡，眼前一黑，整个人往下栽去。

8

放学后，池筱弯腰小心地撕开贴膏药的地方，青青紫紫的右脚踝没有任何改善，凸起一块触目惊心的大包，连站起来的力气也没有。

池筱抿了抿唇，把收拾好的书包重新打开，默默拿出练习册开始做家庭作业。

作业做到一半时，有人敲了敲教室的后门。

"还没回去吗？"俞樟走进教室。

"嗯。你也没回？"

"周五学生会有定期会议，刚结束。"俞樟一边打开储物柜取出衣服一边问，"一起去车站吗？"

回答他的是一串稀里哗啦文具落地的声音。

池筱尝试站起来，脚刚使力就痛到心上，两手撑住桌面时搋到文具袋的边缘，铅笔圆珠笔水笔橡皮擦和圆规尺了之类的掉了 地。

太痛了，池筱的脸立刻失去血色苍白开来，额上渗出冷汗。

察觉到异样的俞樟快步走过来。

校服裙子刚过膝，脚踝无处遮掩。

俞樟蹲下身看了看，蹙起眉头："怎么这样了？"

你我之间半透明

"从楼梯上摔下来了。"

"怎么不早说？看起来很严重，有可能是骨折了。"

"我不能骨折。"池筱吓了一跳。

"其他不重要，看情况去保健室应该不管用，我送你去校医院。"

这样说着，俞樟靠近过来扶起女生，但她只要脚用力就痛，刘海已经被冷汗湿透了。男生迟疑了一下，一只手扶住池筱的后背，然后躬身，另一只手落在她的腘窝处。

被俞樟抱起来而身体离地的池筱，心也离了地，它飞过教学楼、飞过云霄、飞入茫茫的苍穹深处。在男生温暖宽厚的怀抱里，池筱思维混乱，忘了脚上的疼痛，只感到心跳乱了节奏，以及从更深处渗出的细细密密的心酸。

上一次被人这样抱在怀里是什么时候？

六岁时被在家养病的爸爸带去家附近的公园里学习自行车，直到歪歪斜斜失去重心才察觉一直掌控着后座的爸爸悄悄松开手，池筱心里害怕就没了方寸，摔了。

"爸爸骗我。"池筱委屈地咧开嘴哭。在一旁长椅上坐着的妈妈赶紧跑上来，确认池筱没有大碍后，一边拍去她身上的灰尘一边附和着嗔怪丈夫："你也太心急了，看把我们筱筱吓到了。"爸爸把车扶起来，笑着认错："是是是，都是我不好。筱筱别害怕，我们再来一次，这次肯定行。"

爸爸用信任的目光看着紧张的女儿，在稍远的地方对她伸开双手。池筱受到鼓励，踩下脚踏歪歪斜斜向着爸爸所在的地方骑去，一直伸开双手的他慢慢后退，引导着女儿顺利完成了一圈的骑行后才一把把她抱起来。

"我说你可以做到的吧，我们筱筱太棒了。"

曾经也那么轻盈地、借着爸爸的双手飞翔过。

记忆里有那么多美好的瞬间，笼罩在光芒里，边缘被金色晕染，有着往后每一次想起都忍不住落泪的温度。

其他不重要，重要的只有你。

世界上这样爱着自己的人曾经有一个，现在不在了。

剩下的是——

早上从楼梯口摔倒后，脚踝的包立刻凸了出来。女生在地上趴了好一阵才挣扎着回到家里，小心翼翼地在客厅里找膏药。

"筱筱，怎么了？"妈妈的声音从房间里传来。

"崴到脚了，我记得抽屉里有爸爸没用完的膏药。"

"严重吗？"

"不严重。"

"好像在电视柜最左边的抽屉里，等下我出来找给你。"

"崴个脚有什么了不起，老子摔断腿也没怎么样，每天一大早都要吵死人是不是？你知不知道你妈妈身体弱，现在尤其需要好好休息？！你这个坏胚子，肯定是故意的。"传来继父不悦的声音。

"对不起，我已经找到了，现在就走。"

爸爸不在以后，池筱失去了撒娇的权利，听说骨折时立刻想到的也是"不可以"。

怎么走到学校的不知道，在座位上浑浑噩噩地坐了一天，洗手间也不能去。没有人察觉，也没有人关心。池筱很害怕有一天脑海里的爸爸

你我之间半透明

也会慢慢模糊，她该去哪里找继续生活的勇气？

俞樟感到胸前蔓延开的凉意，低头发现女生在哭。
"很痛吗？忍忍，马上就到了。"
女生把头埋得更深。

9

如果你在，会抱我去医院吧，会问我疼不疼吧，会帮我擦眼泪吧。
如果你在就好了。
——爸爸，我有时候真的、真的很想念你。
——爸爸，我很痛，也很害怕，可我什么都不能说。

10

医生看了拍的片子后确认有骨折线，但骨头没有完全断裂。不用转去外面的医院让池筱松了口气，用暑假打工存的钱付了医药费。

脚伤需要一两个月才能恢复，上下楼不方便，周末也不能再去打工。继父被妈妈劝说后房子的事押后再议，心里的嫌隙并没有因"父女没有隔夜仇"而消除，在背了两次池筱下五楼后，继父便因为腰痛而擅自打电话去学校给池筱请了半个月的病假。

俞樟和佟夕琉作为市物理竞赛优胜者去了临市参加全国决赛，其他

人总输给命运的覆雨翻云手，徒劳的挣扎除了姿态难看没任何用。

你我之间半透明

人正为高三的一模考试忙得焦头烂额，班里自然没有组织几个代表来家里慰问，倒是奶茶店的小姐姐百亦前来探望了。

百亦就读于备受憧憬的 Y 大英语系，是池筱见过的最容易快乐的人。偶尔蹦出几句有道理的话，大多时候神经大条又天然，为了小小胜利就会露出自鸣得意的表情，但这也只让人觉得可爱。据说池筱年纪小小出来打工的背景和她一个闺蜜很相似，于是爱屋及乌，百亦对池筱关照有加，甚至从高二开始作为免费家教给池筱补课。

说起来，百亦和俞樟、佟夕琉一样是具有被爱能力的那类人，生活顺利，哪里都好，连缺点也被人喜爱。

"百亦姐，像你们这么好的人是不是来自同一个神秘组织，有什么通关密码吗？"坐在床上动不了的池筱看着百亦，"我啊，进入高中后觉得人的差距越来越明显，有人很努力却做不好事情，而有人好像总是很轻松。"

"轻松是因为重的部分都沉下去了。"百亦这样回答。

"不管怎么样，至少大多时候比我的处境好。"池筱垂着眼。

"你哟。"百亦揉揉女生的头发，"别担心，等到明年的今天，你正在大学校园快活地过日子呢。现在的任务就是快点好起来。"

因为行动不便以及准备高考，池筱不得不暂时辞掉奶茶店的工作。等到借助拐杖能走动以后，女生去结算之前的工资。没想到百亦以池筱的名义为店员们定了蛋糕。池筱感谢这几年受大家关照了，被店长和同事们热情地说欢迎她高考完后再回来。

事后女生要把钱给百亦时被拒绝。

"这是前辈对后辈的关照，高考 fighting！"

百亦的眼睛圆圆亮亮，笑起来时右边有很明显的酒窝，甜甜的、蓬勃的，只是看着这样的她也让人觉得有了元气。

池筱有很多疑惑。

她不明白人与人之间的相遇源于何处又归于何处。

不明白自己的言行是否已经辜负了冥冥之中的很多安排。

不明白为什么很多不能从家里得到的温暖，却被旁人慷慨地赠与。

很长一段时间里，她对这个世界的期待靠着这样拆东墙补西墙的方式维持着。而命运以这样的方式拉扯着她继续往前，她不明白这是幸还是不幸。

犹如明明不和、不相爱的妈妈和继父，为什么会组建成一个家庭？为了凑足家庭成员而完成的家庭，到底是幸还是不幸？

也许再长大一些就好了，也许变得更有力量一些就好了。

说不定，一切痛苦都是伏笔，命运早就另有深意。

有时候她心怀幻想，如百亦所说，大家都有各自的难处。如果自己能熬过现在，或许命运在未来为她准备了礼物。

11

"解释下是怎么回事吧。"

张老师反手握拳，用关节敲敲桌面，黑着脸看向池筱。

此刻办公室里不止张老师在，教导主任和副校长也在。脚伤恢复回到学校的第一天就被叫到办公室，眼下这阵势让不明所以的女生吞了吞

你我之间半透明

口水，无形中的压迫使她后退了一步。

领导在场，张老师被一声不吭的池筱搞得很没面子，转而看向俞樟。

"俞樟来解释下。"

"解释什么？"男生冷冷地说。

"当然是早恋的事！你们俩怎么回事？"

原来是那件事。

池筱握紧的拳头悄悄松开，心里轻轻地缓了一口气。

不过是因为校园里又换了一拨的窃窃私语。

"青川事件"的话题仍有好事者继续猜测，但谈论更多的是一模成绩和即将迎来的圣诞。以及，俞樟和池筱。

那天俞樟抱着受伤的池筱去校医院，沿途有无数双眼睛看到。

"我亲眼看到的，是公主抱哦！"

"池什么？哪方神圣，以前就没听说过有这个人啊！"

"很普通的啦，老好人一个，整天笑得傻兮兮的，却总觉得阴沉、有很多心思的那种，不喜欢。"

"不管是谁，只要不是佟夕琉就够惊悚了好吗？到底是哪个狐狸精破坏我的完美 CP？"

甚至有人恨恨地说："这种人也有脸去连累俞樟，怎么不去死。"

早恋是高中生的禁忌，何况涉及到一中的尖子生，自然不能姑息。自习课上班主任黑着脸走进教室，带走了风口浪尖上的两人。

"我没什么好解释。"

俞樟面不改色地扫视了一眼在场的所有人。

"作为高三三班的班长，我不觉得关照受伤的同学有什么不妥。作为一个男生，我不觉得送不能行走的女生去医院有什么逾矩。作为一个人，我不觉得帮助弱小有什么欠考虑。这些都是老师们平时教诲的真善美，我不知道现在像个罪犯一样被兴师问罪的原因，或许以后应该为了明哲保身而对需要帮助的人视而不见才是正确的吗？"

平日里好脾气的男生显然被冒犯到了，底气太足，让领导们不快又不能强硬栽赃。

"你是我最好的学生，我也是相信你的，现在高三抓得紧，我们也是为了你们好……"

"谢谢老师们的关心。"俞樟说，"请问现在我们可以回去好好学习了吗？"

从办公室出来后，男生紧绷的脸松懈下来，两人几乎同时说了一句"对不起"。

"是我对不起，没想到给你添麻烦了。"俞樟揉揉太阳穴，一脸歉意。

"是我对不起才对，他们怕我影响你才这么紧张，毕竟你是名校保障。"

"突然飞来横祸，被吓到了吧？"池筱的脸色很差，俞樟有些担心，"伤没问题了吗？"

池筱摇头，努力给了男生一个笑脸。

"示弱反倒被觉得有鬼。"俞樟怜悯地看着池筱，"我知道你紧张，只想速战速决带你离开那个鬼地方。"

"我知道的。"

要保持平静进入教室是另一个历练，俞樟在门口时给了池筱一个鼓励的眼神，然后面不改色地走了进去。

"哇！回来了！"不少男生幸灾乐祸，"怎么样？早恋的优等生有没有被扒掉一层皮？"

"你们这样说就没有同学爱了是不是？"俞樟笑着说。

气氛轻松下来。

"你也够傻，干吗去招惹俞樟？学校的宝贝能让你碰碎吗？"前桌的女生同情池筱，"不过老师们也是势利眼，也没见佟夕玧和俞樟在一块时有被叫去过办公室。"

"夕玧不一样。"池筱说。

九月的入学仪式当天，领导们的老套陈词结束后是学生演讲，上台的两个学生分别是上次期末考试的文理科第一名。

文科第一名长得像个体育生，176cm 的身高，中气十足，结尾处过于激动甚至破了几个音。理科代表是佟夕玧，校长报出她的名字后，下面已经窸窸窣窣地讨论起来，不少人仰头想看传说中的女学霸本尊。

佟夕玧有着不输给成绩的美貌，为理科赚足了面子。

只是文科第一名讲完话后，话筒还保持在适合 176cm 的位置，佟夕玧只有 163cm。作为学生会干事负责场地的俞樟立刻发现了，长腿几迈上前，迅速为她调节好了话筒高度。前后几十秒，但绯闻男友突然以英雄救美的形式同台，引起了不小的骚动，嬉笑声口哨声不断。校长自然不明白为何台下这般，叱喝了几句依旧没压下去。

佟夕玧面不改色，微笑着开始演讲。

"各位领导、各位老师、各位同学，大家好，我是高三三班的佟夕玧，今天很荣幸能在这里和大家交流……"

女生甜美的声音从话筒里传出时，骚动的人群终于安静下来。

那天散场后，佟夕琉和俞樟成为讨论的热门话题，是以羡慕和兴奋的口吻被讨论。

而在入学仪式的前一天，池筱在教室里抄佟夕琉的笔记时，俞樟朝着两个女生走过来。

"也想借你的笔记抄。"

"哪门课？除语文外，其他都可以。"对上俞樟的视线后，佟夕琉摊手，"语文没有笔记。"

"来自年级第一的嘲笑吗？"俞樟笑笑，"我过来是想说，张老师刚才说'国旗下的讲话'的演讲稿已经看过和修改好了，让你今天空的时候去办公室拿。"

等男生走了，池筱才从笔记里抬头："俞樟和夕琉真好。"

佟夕琉却微笑着看池筱桌面上写有俞樟名字的练习册："他和你也很好啊。"

在这之前，俞樟把核对过答案的暑假作业借给池筱订正。

当时池筱也说的是："夕琉不一样。"

12

——爸爸，爱是什么呢？

——爸爸，我好像明白，又好像不明白。

13

比起可怜，池筱觉得自己的人生更可恶。

不知道从什么时候起，她总在不想笑的时候假装开心，受伤的时候假装没受伤，一直在说假话。她羡慕百亦的明亮，羡慕佟夕琉的美好，学来学去四不像，自己没有真正坚强，也失去了可以依赖的方向。

或许，只有真正美好的人才能一直美好。

为了减少早上制造噪音被骂，池筱这段时间干脆带着洗漱用品到学校。

这天早上，池筱碰到提前来学校做值日的佟夕琉。

"早上好。"佟夕琉笑眯眯地打招呼，"池筱你总是这么早到学校吗？"

"想抓紧时间学习，起床太早会吵到父母，所以……"池筱有些尴尬地把牙膏牙刷收进塑料袋里。

"那你肯定没来得及吃早饭，我有带，一会儿陪我吃可以吗？"

佟夕琉比池筱高一些，肤白体瘦，一双含水的眼睛清澈透亮，说话时会认真地看着对方，脸上是诚恳的微笑。今天为了做值日，平时披散的头发用红色的头绳束起来，蝴蝶结绑在右侧，露出好看的耳垂以及脖颈流畅的线条，整个人显得越发清爽瘦弱。如果用罐子形容的话，成绩为第一名的佟夕琉是班级里的青花瓷，谁见到都会涌出必须伸手保护的那种念头，是池筱心目中的完美。

佟夕琉体贴入微，池筱无以为报，急忙上前握住水桶的提手。

"水太沉了，我帮你。"

两个女生一起拎着水桶回教室做完打扫，当面对面坐着吃早餐时，池筱的愧疚四处乱窜。

"对不起，我跟俞樟真的没有……"

"为什么跟我说这个？"佟夕琉笑。

"给你们添了麻烦的那种感觉很强烈。"

"之前在青川集训，俞樟不是出去看你了吗？"

"诶？你知道？"

佟夕琉点点头："所以不要说对不起，他对你好一定有他的理由。"

"夕琉你是天使吗？"

佟夕琉笑得更开心了："傻瓜，我是魔鬼呀。"

"你再安慰我，我更无地自容了。"池筱苦笑，对着佟夕琉清澈的眼睛，封印在内心的倾诉欲被唤醒了，"我有事要跟你道歉，入学后我一直很羡慕你，学你说话，学你写字，现在想想真的是非常丢脸，你对我这么好，我和你相处却不纯粹。"

"没关系。"

"我觉得自己特别糟，真的。快要喘不过气来、想要死掉的糟糕，明明是那样的我，现在却心平气和地和你坐在一起吃早餐，甚至在笑，我特别讨厌这样的自己。"

"你不是，池筱你听我说，你是纯洁得像一朵白色小花的女生，值得被所有人保护。"

"我不是，我不值得。"已经泪水涟涟的池筱摇头，"谁都不在我身边，没有人会保护我。"

佟夕琉伸手为女生擦眼泪时，自己的眼泪也跟着掉下来。

"我不是大家认为的那种天子骄子。我是孤儿，现在寄宿在亲戚家，

你我之间半透明

为了不给别人添麻烦，规规矩矩生活，一下课就回家，待在房间里哪里都不去。"佟夕琉握住池筱的手，"呐，池筱，你可以告诉我你的痛苦，我会帮你。"

佟夕琉的手小小的、软软的，却是温暖的、有力量的。

清晨的校园被橘黄色的光线笼罩着，干净透明的玻璃窗上，因为室内外的温度差而水雾模糊。随着太阳升起，看不见的地方温度一点点回暖，那些水雾凝结成小小的水滴慢慢往下滑落，像谁的眼泪。

"是我。"池筱声音颤抖着。

"什么？"

"青川视频里的女生。"池筱的下唇已经被咬出血迹，终于再次抬眼看着佟夕琉的眼睛，"那个女生，是我。"

14

——爸爸，有人知道我的笑是假的，坚强是假的。

——爸爸，我可以好好哭了吗？

15

这一年是沪水难得有雪的冬天。

悲伤和喜悦是不能通过哭声来辨别的。

你我之间半透明

灰白色的天空酝酿了整天，直到最后一节课时白色的六角花瓣终于飘落下来，无声无息中慢慢密集。池筱的座位靠近窗台，她静静看着那些雪花落在铝合金的窗棂上，有的很快融化，有的没有。

不知道是谁先忍不住小声叫了句"下雪啦！"，所有人的视线随之从黑板上转到窗外，确认真的是下雪后，教室里蠢蠢欲动，放学铃打响后大家立刻扑到外面去了。

"等到明年的今天，你正在大学校园快活地过日子呢。"百亦给池筱画了一个大饼，对大学生活的期待让池筱重新燃起了学习的斗志。当务之急要补之前落下的课，池筱抱着书穿过操场上追逐打闹的人群去图书馆自习。

图书馆的暖气很足，虽然纠结的函数题一直没做出来，但被温暖包围着，池筱忍不住舒服地叹了口气。抬眼的瞬间才看清楚对面坐着谁，一口气差点没收回来。

俞樟被池筱目瞪口呆的表情逗笑，在她的询问就要脱口而出时，轻轻比划了噤声的手势。池筱看了一下周围，回应了噤声的手势，埋头在笔记本上写字。

"你也来图书馆自习吗？"人已经在这里了，重写。

"你来了怎么不叫我，我才发现你。"有点作，重写。

"你来多久了？"无聊，重写。

池筱对自己很无力，但刚才明显做出要写什么给他的动作了，总要有点交代。

"这道题你会吗？"

"哪一道？"

俞樟写好这句，把笔记本推回来。

池筱连忙拿起练习册，用铅笔带橡皮擦那头指了指。

男生低头翻到同一页，阅读完题目后点点头，做出向她伸出右手的动作。

俞樟的手果然很好看，池筱呆了一下，才赶紧把笔记本递过去。

池筱记得那天男生穿的是黑色毛衣，领口露出里面的白色校服衬衣，灰色的呢大衣被整整齐齐地搭在椅背上。俞樟做那道题用了多久呢，池筱不清楚，只觉得时间很慢，慢到能清晰感受每一秒是如何流逝的。

她就这样撑着脸，静静地、大大方方地看坐在桌子另一端的俞樟，看他低头快速在笔记本上写字，年轻的脸上满是专注。

水汽弥漫的落地窗外灯火通明，如果此刻寂静的图书馆是温暖安全的城堡，池筱觉得自己是迷途的爱丽丝，在漫长的路途里，被上帝怜悯，得到了一个凝望王子的片刻。

池筱记得百亦曾说过高中和同桌写纸条的回忆。

"有用的话也好，废话也好，我想珍惜和他在一起的每个瞬间。不是交给会衰退的记忆力，而是写在纸上成为戳印盖章的有效证据。我很狡猾吧？"

池筱想到这个笔记本可以作为与俞樟交集过的"证据"，微妙的情绪立刻涌上来，这才明白百亦果然很狡猾。等到从图书馆出去终于可以正常说话的时候，反倒涌出些遗憾。

"答案看懂了吗？"俞樟问她。

"嗯，你写得浅显易懂很好理解，谢谢你。"这才注意到男生手里拿着的书，"咦？你在复习高一的内容？"

俞樟解释："我妹妹也考到一中了。他们现在用的新版教材和我们有些不同，我看下好整理出期末的重点复习内容。"

"诶？你自己不复习吗？"

"这次期末不是挨着春节吗，我妹妹要是考不好我也惨了，那丫头很爱哭鼻子。"俞樟说，"我自己的复习挺简单，就是查漏补缺，做些巩固，把以前做错的题重新练一练。"

"我尽是漏和缺，现在还忙着整理笔记。"池筱摊手，"要是有一个你这样的哥哥就好了。"

去车站的路要走上一段，聊起了一模和高考志愿的话题。

"我应该会离开沪水去外地吧，毕竟到目前为止我去过的最远的地方只是沪水边缘的海滨。"池筱转而问，"俞樟你决定了吗？"

"U 大。"

"成绩好果然没有选择困扰，U 大对我来说太难了。"池筱笑，继而意识到问题，"也就是说我们以后要在不同的地方念大学了吗？"

"可能是哦。"俞樟配合地做了一个惊讶的表情，"加油一起考 U 大也行，他们的交换项目非常好，大三可以去国外。"

"是吗？"池筱说，"那我也好想去 U 大。如果能和你们继续在一起，我会很开心的。"

很多年后，俞樟也记得池筱说出这句话眉眼弯弯的模样。

两个人就这样聊着天走在最熟悉的街上时，谁也没想到那已经是他们很美好的时刻。

白色的雪花还在漫天飘落，那么小、那么轻，街道两旁已经堆积起一些。

池筱扬起脸看俞樟，被雾气模糊了霓虹的夜色里，男生轮廓分明的脸上洋溢出无限柔和的表情，光影交错的墨色眼眸深处，尽是诚恳与认真。这样的他此刻正与自己并肩走在一起，于是周围的街道、红绿灯、车流、建筑，这些原本熟悉的一切变得既亲切又遥远，让池筱有种不真切的感觉，恍若如梦。

"呐，俞樟——"连自己的声音也好像漂浮在半空。

俞樟转头看向突然停下脚步的女生。

"你说，在成为大人之前，大家是不是都经历过一段不好的时期？就像成人礼历练那种，只有通过了才会变成真正的大人？然后随心所欲做自己？"

"可能是吧。"

"等到那时，我要去很远的地方。"

"去哪里？"

"很多。看到好看霓虹的地方，吃到好吃的乌冬面的地方，听见鸟鸣的地方，闻到海水咸味的地方，等到日出的地方……"

"等我拿到驾驶证，带你去。"

"真的吗？说话不算话会变成小狗的！"

"我什么时候骗过你……诶？为什么哭？"俞樟看着突然掉眼泪的女生，吓了一跳，"遇到什么问题了吗？"

"我没事，感动嘛。"池筱接过男生递来的纸巾，"谢谢你。"

"已经说过了。"俞樟无奈地笑笑。

冷风刮过脸，冻得人立刻缩紧脖子。

池筱想说的不是这句，但最终没有再说什么，只是把手放在嘴边呼着热气，朝男生尴尬地吐吐舌头，一边掉眼泪一边傻傻跟着笑。

你我之间半透明

16

　　这年池筱十七岁，随着年龄一起增长的还有生活抛来的磨难。

　　心智上的成熟让她体会到了更多感受，压抑、失望、隐忍、克制，有时一股脑儿一起涌来，让她无所适从，不知道该像以前一样沉默顺从还是奋力反击。

　　池筱有时觉得命运是邪恶的，不给人能力，也不给人运气，拥有的人拥有所有，什么都没有的人包揽了敌意。有时又觉得命运是可爱的，在每一段痛苦中，都为她安排了一个继续走下去的理由。

　　她隐隐知道有些地方出了差错，在陷入悲伤沼泽的时候，原本应该最安全的地方，她没有得到安全，原本最可能被爱的地方，她没有得到爱。面对最想倾诉的人，她如鲠在喉，而她最想要得到的，也被人误解。

　　池筱第一次遇见俞樟是什么时候？

　　初二那年冬天，继父因为受伤脾气暴躁，忘带钥匙不敢敲门的女生在电车里循环往返，以此消耗时间等到妈妈下班后再回家。到了电车运营高峰期，小小的女生被人群挤在角落快要窒息时，被旁边的一对兄妹吸引了注意力。

　　男生站在出入门靠近扶杆的地方，倔强执着地用双手为小女生圈出一小片安全的领域。他灰色呢大衣内穿着富扬二中的校服，黑色的围巾拉出一半围绕在妹妹的脖子上，左右肩上挎着两人的书包。

　　"哥哥累吗？我想帮你背书包。"

　　"不累，小橙你只要乖乖的就好。"

　　觉察到被注视的视线时，男生侧头看向池筱，随着动作的变化，他的脸从旁边乘客的身影中清晰起来，那一刻，车厢内的光线似乎在一瞬间汇聚在他的瞳孔深处，明亮温柔。和女生对视时，他露出笑容，用口型问她："你还好吧？"

池筱怔住，别过头时突然红了眼眶。

呐，俞樟——

那时候我幻想的是，如果你是我哥哥该有多好。

东拼西凑剧情混乱的青春交织成网，却又如同手心的线条，每一条都决定了往后的归宿何处。于是当时没有理清的，往后也一直错。

这么简单的话，对我来说，却比"我喜欢你"更难说出口。

十二月，在男生和女生经过的途中，雪继续飘落着。

那么小、那么轻的雪花慢慢把世界温柔地覆盖。

像天空给予的一个巨大拥抱，将年少的秘密和哀伤一并抱入茫茫的怀中。

不管什么时候，都想要一辈子在一起的那个人。

再不见少年

我曾以为你会带我走向光明，
最后我依旧感激没有怨恨。

你我之间半透明

0

夏同恩拉着行李箱站在沐川中学的门口，身边有那么多人来来往往地经过，在她的瞳仁里却全然成了虚无的盲点。头顶是深蓝色的天幕，一片连着一片绵延开去，像流动着的蓝色眼泪。

就这样来了。

夏同恩揉揉太阳穴回过神，独自去教务处报道，独自穿过大大的操场去找寝室和班级，独自去面对毫无生机的未来。

一直都是一个人，身边没有任何可以支撑的力量。在自以为是地以为自己可以无坚不摧地独自成长时，却在茫茫人海里再次看到了那张熟悉的轮廓，然后才明白心还会痛，三年前以为流尽的眼泪还可以再流。

那么，现在所做的一切，也都是为了挨近那张熟悉的轮廓吧。

包括和家里人吵翻天后离家出走，包括从全国闻名的锦华一中转学到离家很远的沐川中学，包括在最爱自己的路青川告白时忍着眼泪选择转身……所有的一切，都只是为了能够接近那张熟悉的轮廓。即使什么都换不回来。

可是许洛生，你知道吗，我现在所做的所有所有，都是为了再遇见你。

你不知道。

永远，不会知道。

1

是盛夏的光，拼凑出一幅温热的场景。

午后的校园空寂如林，偶尔经过三三两两的人，无一不是用手遮住头顶的阳光快速迈步，然后很快又消失在视线所能抵及的范围里。

藤蔓长得茂盛。墨绿色的叶片在微风中翻转出浅浅的灰白。似乎是一夜之间的事情，等到大家注意时她们已经得意洋洋地爬满了整个凉亭的棚架。大片的影子投下，给地面平添出几丝清凉。

空气里充斥着干燥的因子。可是，也有什么是温润的吧？

悠长的走廊上，两条细长的影子渐渐走近。浅浅的光晕弹出，打在少年干净的白衬衣以及少女及膝的蓝色百褶短裙上。安静的午后，只剩下鞋子与地面亲吻的声音。

三步的距离，不近不远，脚步很轻。

走廊变得没有尽头，恍若掉入了一个似曾相识的梦境。

直到——

少年猝不及防的一个转身，女生一时未反应过来的继续迈步。彼此的距离由三步变为一步。直到撞到什么温暖而柔软的物体，才愕然地被迫停止了脚步。

被撞到的额头发出细细的疼痛。顿时，整个鼻腔都灌满了洗衣粉的淡淡清香。带着明媚阳光的味道，于是忍不住多吸了几下。

"你跟踪我？"

惊慌地抬起头，充盈进视线的是少年特有的棱角分明的轮廓，以及微微蹙成"川"字的额头。

"那个……其实不是……"美好的梦魇突然出现一只预料以外的怪兽哥拉斯，惊醒过来的女生慢掉一拍，舌头打结，半天讲不出一句完整的话来。只是抱在怀里的书，暗中又加重了力度。

"从图书馆出来开始，我去了小卖部、写字楼、电子室……而你也一直跟着我转了大半个学校。我想，应该不会有那么多巧合对吧？……而且，好像这已经不是第一次了。"不急不缓的语调，说不清是在询问还是质问。

高高瘦瘦的个子，亮若星辰的眉目，微微敞开领口的白衬衣，淡定缓沉的嗓音。时光逆转，镜头切换，与心里那个模糊的影子渐渐重合，可是终究有哪里不同，女生先在心里否定掉了。话说回来，要不是在前一秒刚刚拆穿了自己，那么，应该还算一个不错的少年吧。

可是眼下，窘迫大于欣赏，再好看的容貌也显得不是那么回事。

足足盯了一分钟的鞋尖之后，女生突然醒悟过来似的转身跑掉了。只听见风在耳边呼吸的声音，完全不再顾及男生在身后"喂喂"的叫喊声。

许洛生，我怎么会以为又遇见你。

2

记忆的时钟就这样轻易地被拉退到 2002 年。

南方小城。

夏同恩与许洛生在一起的时间。

大片的阳光漏进窗台，在铝合金的窗棂上跳跃出一串串晶亮的音符。教室里涌动着大片浮光，风扇在头顶上方悠悠地转动。

"喂。你是不是爱心泛滥？"被一大串几何图形扭曲了眉目的男生终于甩掉铅笔恼火地看向女生。

逆着光线，少年的头发沐浴在阳光下显现出柔和的色泽，即使只是侧脸也仍旧显得那么好看呢。只是脾气又臭又暴躁，上课睡觉被气结的老师赶出教室也是一副无所谓的样子，制服从来不好好穿，头发也总是不符合学校规定的两寸长的平板头。

好在即使不好好穿制服总还是每天都在穿，即使头发很长总还是一直是黑色没有挑染出红红黄黄，即使脾气暴躁常常打架也不会欺负弱小的学弟。即使对什么都无所谓也会在被小混混勒索时救下自己。而在之前，除了男生所说的"好像住得很近又好像还是同班"之外完全没有任何交集。那么，说他仗义应该没人否定。

这么说起来，缺点好像都是优点的样子诶。大概除了自己没人会这么想了吧。夏同恩双手重叠，孩子气地将头搁在上面，然后望着男生不禁发了呆，思维却鲜活地七百二十度旋转。

"爱……心——泛滥？！"心跳倏地漏掉一拍，男生停留在自己身上的恼火目光很快让自己清醒过来——明显的是，想歪了好几条街。

"我只是对你负责而已。"话一出口又想歪了，脸也跟着红了一下下，"我的意思是……毕竟，毕竟我对你妈妈承诺过，要督促你好好学习的。"为了掩饰种种小心思，夏同恩坐正了身子比划着手认真说道。

"那连这个也一起负责了吧。"男生指了指故意凹下去扁得厉害的肚子，然后伸长手臂将女生圈进怀里，强推着走出了教室。

"夏同恩你脸好红诶！"走廊尽头传来男生充满好奇的声音——明显是装出来的。戏谑还差不多。

"许洛生！！！你要死啦……"

3

整个锦华中学没有人不认识许洛生。

或者范围再大一点，整个 R 城也没几个不知道。

锦华中学的校草，篮球打得超棒，校庆时的吉他自弹自唱帅到无可救药。很酷，不像其他男生一样巴结漂亮女生，是很多人的理想恋人。

——女同学眼里的洛生。

很仗义，身手不错。虽然相谁的关系都不深，但是是公认的老大。不勾槽自己看中的女生，但是因为长得太好看而遮掩了很多人的光芒。总之，是让人追崇又难免嫉妒的人。

——男同学眼里的洛生。

学习差劲，无视校纪，上课睡觉，不把老师放在眼里。不思进取，白白浪费了聪明才智，是让人头疼的学生。

——老师眼里的洛生。

妈妈是著名的钢琴家，爸爸是没本事的酒鬼。父母离异后随爸爸生活。很懂事，很乖巧，只是没人管教常常和街上一些不学好的人混在一起。是个可怜的孩子，因为家庭原因被毁了前途。

——邻居眼里的洛生。

洛生到底是怎样的人呢？

夏同恩站在操场边远远地看着一个人打篮球的许洛生，怀里还抱着他的外套，余留的体温还在，隔着衣服一直将那股暖意传到了心坎上。好像又高了一点点，也好像又瘦了一点点诶。少年的眉目清晰分明，会越来越好看，也会有越来越多的人喜欢吧。

常常捉弄自己，但是吃面的时候总会记得挑干净自己最讨厌的香菜。喜欢逞强，被他爸爸揍得再厉害也一声不吭。表面上什么都不在乎，其实什么都放在心里。即使比自己高出一个脑袋，但也只是让自己心疼的小孩。

其实这些都不重要，重要的只是，在自己根本没抱任何希望的情况下，接受了自己的告白。

所以，他只是洛生。自己喜欢的，洛生。

不管什么时候，都想要一辈子在一起的那个人。

呐。洛生，我一直这样喜欢你。自始至终没有任何改变。

即使是在分手很久以后的现在，我仍旧想对你说。我喜欢你。

可是我已经没有了资格，也没有了后悔的权利。我是咎由自取。

洛生，对不起。我伤害了你，并且再也没有弥补的机会。

4

夏同恩第二次见到沈暮是在教室门口，不是她跟踪他，是他自己主动来找她的。

夏同恩不会知道，他们虽然是"隔壁班"的关系，但是沈暮还是第一次来到三年B班的教室。男生在门口犹豫了半晌，终于还是抬起了右手。

门被推开的瞬间，喧闹的教室顿时安静下来。追赶打闹的人定格似的停下，正准备吃掉的早餐也一起停滞在半空。待分辨出不是可恶的班主任突然袭击，气氛才稍微活跃过来。直到门口的男生问道"请问夏同恩在不在"之后，终于爆发了前所未有的喧闹场面。而这种场面，A班是绝对没有过的。

这便是A班与B班的差别，也是所谓的先进班与落后班的差别。

在不怀好意的起哄声中，坐在最后一排的夏同恩终于尴尬地站了起来，低着头跟男生走出了教室。

黑色平齐的长发，白皙到透明的皮肤，黑色薄外套，从西装领口处透出里面的白衬衣的褶子领，及膝的蓝色小短裙，长度恰好的黑色筒袜，还有就是，洗得很干净的白色帆布鞋。

完全和前几次一样的装扮，隐隐颤动的睫毛显露出小小的紧张，只是眼了里流溢出的平静温婉的目光，又硬生生地将现在与之前分裂开来。比较起当时流露出的深切眷恋，除了"判若两人"，似乎没有更合适的词汇。

"我那天在走廊上捡到的。"

从兜里掏出来放在掌心然后递到女生面前。

"是你掉的吧？"

女生的视线随之下移，看到了一枚粉红色的桃心耳钉，安静地躺在少年手心的纹路上，发出幽幽的光。渐渐的，某个黑暗的地方一点一点地被照亮，仿若一只休眠已久的钟，被换上了新的电池。

那颗耳钉，是许洛生送给自己的生日礼物。

那时候他说："同恩，我在这上面刻了你的名字，以后它就嵌入了你的身体里，就好像我们再也不会分开了。"

可是最后，他们还是分开了。

"那天想还给你的，可是你跑得好快。后来我看到刻着一个恩字，所以打听到了你的班级。幸好名字里带恩字的人不多，不然还真不知道怎么办才好……"沈暮轻轻地解释道，边说着边把耳钉递到了夏同恩的面前。

"夏同恩，你在听吗？"看到女生迟迟没有反应，沈暮只好将声音提高了二度。声音传进女生的耳膜，夏同恩这才被打断了回忆，抬起头望着这个逆光站立在自己面前的男生，又一次感到恍惚，可是很快又清醒过来。除了长得很像，分明就是两个人。

"谢谢。"夏同恩接过耳钉淡淡地说道，然后转过身就要回教室。

"等一等。"男生急忙挽留。

"……嗯？"

"这是我的电话。"停顿了下，虽然不知道自己为什么会这么做，然而事实上确实是这么做了。沈暮也不管女生愿不愿意，便把一张纸条塞到了她的手里。

"……嗯？！"

你我之间半透明

"需要的时候可以找我。"

需要的时候——什么时候才算需要的时候?

夏同恩看了看沈暮,终是没有拒绝地将纸条捏在了手心里。

沈暮这才放松,眉头舒展开来,笑得一脸明媚。

他这个样子和洛生极其相像,夏同恩失魂落魄。

5

洛生离开以后,夏同恩习惯性地做噩梦。

梦里常常出现一幅黑暗浑浊的场景,白衬衣的少年与自己的距离若即若离,每次他用最熟悉的声音唤她"同恩,同恩"。可是在自己伸出手的瞬间,少年便化为了烟雾,没了踪迹。如此反复,整夜整夜被梦魇包裹,像是魔咒,找不到解脱的出口。

即使来到沐川中学,这个梦魇也一直缠绕着自己。

又一次从噩梦中惊醒过来,爆炸似的头痛让夏同恩忍不住重重地拍了拍头。

这天因是放假,宿舍里只剩下她一个人。脑子里一片浑浊,无数条丝线牵扯住每一根神经末梢,剪断任何一根,都会像串联的灯泡,瞬间全部熄灭掉。

恍恍惚惚地走到储物柜旁,打开最后一格抽屉找到几片药,吞进肚子里之后又回到床上睡了起来。所有的重量抛开,加上柔软的棉絮,思维也变得轻巧而飘渺起来。

再次醒来时已经是下午三点，头痛似乎没有一点减轻，还有加重的迹象。浑身上下火烧似的发烫，好不容易睁开眼睛，看到的却是飞来飞去的衣服毛巾之类的东西。大片的恐慌袭来，夏同恩拉过被子把头蒙住，全身蜷缩在一起不留一点缝隙，不一会儿便觉得呼吸困难，额上又开始沁出大颗大颗的汗珠来。恍若置身于莫名星球，黑暗在瞳孔无限放大。

呐。一直这样下去会不会就死掉了呢？

没有人记得，爸爸或者妈妈，也会很快忘记自己。某些被淡忘的情节，自己都搞不清的某种状况。没有牵挂也没有被牵挂。

可是无论如何，也会有一直记挂的东西。藏在心脏的最底层，随着血液的循环流传到身体的每一个角落，刻进骨子里，此生都已无法泯灭。

比如，那个叫许洛生的少年。

恍惚中摸索到枕边的手机，拇指略微下移，停在"1"键上方，习惯性摁了下去。直到耳朵被拖着尾巴的忙音敷衍到麻木而滋生出细细的疼痛，才终于又一次放弃。

呐。洛生，我以为你还在，一直都在，只要我需要你的时候，你会在第一时间出现在我的身边，可是现在我才终于明白，你已经从我的世界里抽离了出去，我们，再也回不到从前了。

咎由自取。报应。可以用这样的词汇形容。

——"我讨厌你。"

——"你怎么不去死？！"

以前用来骂许洛生的所有恶毒的话语，终于全部反馈到了自己身上。

那么。

就死掉好了。

意识渐渐模糊起来，恍惚中听到谁在低低地呼唤：夏同恩？同恩？

声音遥远而真切，是谁呢，谁在叫自己的名字？

然后感觉从一个温暖的地方转移到另一个温暖的地方，没有任何不同。可是却会觉得特别安稳，好像突然多出一股强大的力量。不再害怕和恐慌。

有好闻的洗衣粉的淡淡清香，有明显感觉得到的心跳，努力睁大眼睛，轮廓仍旧模糊不清。可是感觉到了他的气息，熟悉的，不同于任何人的气息，所以能分辨出来。

洛生。是你吗？

6

夏同恩醒来的时候发现自己躺在医院的病床上，是有过两次照面的男生送她过来的。

不是洛生，是沈暮。

空气在时间里逐渐冷却，四周斑白的墙壁像是围困起一个纯净的小世界，窗外的合欢树长得很茂盛，密密的叶子遮挡住阳光，只是仍旧有无数的光线从缝隙间穿插过来。

夏同恩安静地躺在床上，吃过两次药后痛苦减轻了不少，但是头仍旧有些微微发胀。不远处的桌边男生正按照医生的吩咐将药片碾碎导入针液里，神情专注，动作小心。女生看着不禁有些发呆。然而沈暮终究不是许洛生，这么想着，不觉心里微微冰冷，失落的感觉便涌了上来。

似是觉察到了凝聚在自己身上的目光，沈暮回过头来，夏同恩别扭地移开了视线。看到时间差不多了，沈暮走过来坐到床边，然后将体温计从女生嘴里取了出来，举到一定高度认真地看起来。

"烧已经退了，再吃两次药应该就可以出院了。"

声音很温柔，像是一道破光而来的温暖，瞬间蔓延开来。

这种温暖，自从洛生离开以后，便再也没有过了。

夏同恩微微有些不适应。

"谢谢你。"

半晌，女生终于开口，她心中有很多的谢意。

如果不是宿舍的值班老师发现寝室的灯亮着，然后叫来正在打篮球的沈暮背自己到医院，夏同恩就会那样死掉也说不定。只是有一点交集的男生，却替自己付了住院费，还在医院守了自己一天一夜。

"夏同恩，你这样不会照顾自己的女生真让人担心。"

沈暮把调好的药端到了夏同恩面前。削瘦细长的手指，身上的淡淡馨香，有一种让人很安定的魔力。

"以前我生病的时候，洛生也是这样喂我吃药的。"

夏同恩看着沈暮，平静地说道。

那是 2004 年，爸爸妈妈很忙，生病的时候也没时间来照顾自己，因为妈妈觉得洛生是贪玩的小孩所以不让自己跟他玩。后来洛生便攀着绳子爬窗户进来喂自己吃药，等妈妈回来了又连忙爬回去。有一次来不及离开只好躲到夏同恩的床底下，出来的时候男生满脸都是灰尘，让夏同恩咯咯咯地笑了好久。

"洛生？那天在走廊，你是不是把我当成了他？"沈暮不是八卦的男生，不过看到夏同恩的样子，不免也好奇起来。

夏同恩没有说话，只是将药碗从男生手里端了过来，仰头喝干净。半晌之后才幽幽地答道："我转学来这里，是因为上次数学竞赛上看到你，当时我以为你是他。"

"为了这个转学？"

"嗯。"夏同恩突然笑了，"你们，长得很像，几乎一模一样。"

沈暮看到女生提到许洛生时温柔的样子，也跟着笑了笑，心里却涌出些复杂的情绪。

谈不上对夏同恩一见钟情，只是不知道为什么，她身上有让自己不能割舍的东西，很微妙。

7

"我本来打算十一带你出去走走，结果要拍元旦的话剧所以好像不能实现了……同恩，你在不在听？"

明明是两个人一起出来，可是每次都好像总是自己一个人自言自语，沈暮终于停下脚步看向寡言的女生，对方却丝毫没有注意到，仍旧木讷地向前

"同恩？"

女生愕然止步，发现自己与男生之间已相差了十步不止的距离。

时下已是秋天，林阴路上许多情侣牵着手来来去去，沈暮单薄地伫立在原地看着自己，脸上没有恼怒的迹象，满满的是无奈。男生每次看

自己都是这种神情，从来没有改变过。这个男生，真的对自己很好。

校园里一排排香樟树虽然依旧卫兵一般挺立却免不了带上了悲凉的沧桑，就好像沈暮年少骄傲的心，遇上自己后，也是这般慢慢染上了无可奈何的萧条吧。

夏同恩心里划过一种叫做歉疚的情绪，倒转回去，刚要开口，沈暮却牵起她的手微笑着说："你呀，走路都走神。"

对自己的照顾无微不至，知道女生的胃不好便会记得每天给她带营养早餐过来，生病那段时间还可以用助人为乐的词汇形容，那么一直坚持到了现在，男生对自己的好所有人都看在眼里。

手心里一片暖意升起，夏同恩滋生出的歉疚情绪更加深一点，于是反握了回去，抬头便迎上了男生欣喜的目光。那种欣喜，好多年前自己也一定有过的吧。

路过学校附近新开的一家冷饮店，夏同恩停下了脚步，然后忽然想起洛生说的一句话来。他说用一种冰冷压制住另一种冰冷，那种在胃里翻腾的感觉，却能在痛楚挣扎后转变成内心解脱的愉悦。

这句话是许洛生在 2005 年的尾巴上对夏同恩说的，那时候两个人刚从家里逃出来，男生脸上还带着鲜活的伤口。要是那次没有在火车站被两家父母抓回去，夏同恩想，或许洛生也不会变成后来的洛生。

夏同恩永远记得，即使是隆冬的午夜，在洛生的怀里的她咬着冰淇淋也不觉得有一丝寒冷。那种温暖一直存活在女生心里，就算洛生不在身边以后，女生仍旧在很冷的天气里吃冰淇淋。慢慢却成了习惯，所以对于女生来说，冬天是比夏天更适合吃冰淇淋的季节。

"沈暮，我们一起去吃好不好？"

沈暮蹙了蹙眉："天气开始变冷了，同恩，你这个习惯对身体不好。"

可是下一秒却又微笑起来，"不过你喜欢就好，只是以后要慢慢改过来。"

8

　　夏同恩习惯了在任何季节吃冰淇淋，可是明显沈暮不曾具备这种习惯。所以当天晚上便因为肚子疼到学校医务室没有办法治疗而被转移到市里的医院急救室里。

　　夏同恩赶到医院时已经凌晨两点，却在医院的走廊碰到了程莘。

　　蓬松短发，身材瘦小，皮肤乌黑，一双眸子炯炯有神，亮绿色的小吊带在肩上勒出细细的痕迹。A班音乐委员，成绩一般，因为校长女儿的身份，从初中直升到高中部最好的班级。

　　还有——是一直喜欢沈暮的人。

　　不是没有听说过，只是没想到会在这样的场合遇见。

　　"你不会良心不安吗？"

　　程莘手里端着脸盆，面无表情紧紧盯着夏同恩，用不容避讳的凌厉目光。夏同恩心里莫名地一阵拉紧。好在几秒之后，程莘便从她身边走了过去。

　　浓郁的玫瑰香随着风灌进夏同恩的鼻腔里，直到程莘已经消失在视线里，夏同恩才朝病房走去。

　　沈暮一脸苍白地躺在床上，眼睛婴孩般闭着，长长的睫毛由于身体难受而微微地颤动，手臂上也因为点滴的刺激肿出一块块青色的小包。

　　明明肠胃不好为什么不说出来，傻瓜，沈暮你真是个大傻瓜。

　　夏同恩站在病床前，一句话也说不出来。就像每次把头蒙在被子里，

因为贪恋，所以不愿放手。

黑暗侵袭过来时滋生出的庞大的无力和恐慌。女生捂着胸口，那里如同喷泉一般，喷涌出一阵尖锐的心疼。

程莘的话语好像魔咒一般又回响在了夏同恩的耳边："不要自私地玩弄别人的感情。他不是替代品。"

9

年终时年级上开始流传出新一届保送名单已经定下的消息。

沈暮被单独叫去过几次校长办公室，出来的时候后面却跟着程莘。

身边的同学说夏同恩你要小心哦。女生一脸迷茫地看过去，对方却意味深长地笑笑不再说话。

也不是不明白。

很多时候夏同恩想，如果沈暮真的放弃自己和程莘在一起，也不是什么坏事。只是这么想的时候夏同恩都会觉得自己很可怕，对于沈暮的歉疚也会加深一点。

元旦的庆祝晚会上，沈暮的话剧上演得很成功，谢幕时程莘捧着一大束鲜花送到男生面前。台下一阵唏嘘，然后是叫好的声音。沈暮脸上略显尴尬，目光在一阵搜索之后停在夏同恩身上。夏同恩坐在座位上不动，她视力很好，那是一束玫瑰。

接着是寒假。

夏同恩收拾好东西回家，没有同沈暮告别。

自始至终，她不明白对沈暮到底怀着怎样的感情，即使已经在外人眼里两个人是情侣的关系，可是在夏同恩心里却是不明确的。

程莘也许说得很对，自己是一个自私的人。

因为贪恋，所以不愿放手。

汽车驶进 R 城时，夏同恩出奇的冷静。

两年不曾回来过了，城市建设得很快，好像自己变成了异乡人。

父母很开心，欢天喜地地给她收拾房间，做好吃的饭菜。饭后女生习惯性地去敲隔壁的门，却因为开门的是陌生的面孔而尴尬不已。

"许叔叔不知道去了哪，新搬来的邻居是个不错的人。"妈妈小心翼翼地说。

夏同恩故作轻松地回应了一声"嗯"。回房后呆呆地坐在书桌旁望着对面发呆，恍惚间似乎看到洛生对自己说"小恩恩你又在偷窥我换衣服"。清醒后却只看到对面紧拉上的水蓝色窗帘，于是终于忍不住哭了出来。

洛生，我们终于都回不去了对吧？

洛生我累了。

可不可以忘了你?

呐，可以忘了你吗?

10

在家里过完年，因为高三补课于是匆匆买车票回了 H 市。因为一直

你我之间半透明

关机，回到学校后才知道，沈暮打架住进了医院。

从来不知道好脾气的男生也会打架，满身的伤还未完好，手肘上甚至还带着绷带。脸上的青紫色已经褪成了褐黄色，夏同恩第一次发了火："为什么都喜欢打架？难道不知道别人会担心吗？！"

沈暮看着她，没有解释。半晌后吐出三个字："对不起。"

女生一下哑了口。

晚上夏同恩没有回寝室，留在医院照顾沈暮，沈暮握着自己的手沉沉睡去，夏同恩怜惜地给他塞塞被子，慢慢地也闭上了眼睛。

不久她又开始做起梦来。

梦里出现微薄的光亮。世界在若有若无的光线里勾勒出浅浅的轮廓。潮水退到颈项，大口大口地呼吸，空气从鼻腔一直抵达肺部，鲜活的感觉，想要哭泣的新生之感。

——"同恩，我想带你出去走走。"

——"同恩，不要怕。有我在。一直都在。"

——"同恩，一切都会好起来。"

少年潮湿的声音灌入耳膜，笃定的坚信，细碎的温暖在心间盘旋升起。

一切都会好起来。如同春日里破土而生的绿草，顽强而旺盛地生长，一直抵达到女生藏在心里的苍白地带。颤抖着伸出手去，可是在紧握的一瞬间却又忽然惊醒讨来。

夏同恩满头大汗地睁开眼，病床上的男生还未醒来。程莘双手交叠地靠在门口看向自己，仿佛自己所有的一切都尽看在她的眼里，无可躲避。

"你知道沈暮和谁打架吗？"程莘得意地开口，"江城。我前男友。"

夜晚的寒气袭来，夏同恩觉得自己全身僵硬，在身体麻木到近乎没有知觉时终于蹲了下来，头埋在膝盖里，一点点湿润的液体涌出来，于是一发不可收拾。没有一个人在。空无一人的街上，路灯懒洋洋地将女生的影子拉得老长老长。

"我调查过你转学之前的所有背景。就算沈暮不在意，你就不怕遭报应吗？"

11

沈暮当着所有人的面把夏同恩从教室里拉了出去。

他把她堵在墙角，说："你为什么不再来看我？"

夏同恩咬了咬嘴唇："沈暮，你都知道了不是吗？程莘都告诉你了对吧。"

男生的目光一瞬间软弱下来："同恩，我想知道你到底在想什么。"

沈暮紧紧盯着夏同恩的眼睛，她感觉他的手臂微微发抖，明白她接下来的答案对他而言多么重要。

——你们只是长得很像，所以我才靠近你。

这样被当作初衷的话现在却堵在了喉咙里再也吐不出来。

"你到底在想什么？"

夏同恩也这么问过许洛生。那时候，许洛生已经是 R 城有名的小混混了，尽管听说他和谁谁怎么样的绯闻不断，尽管他来找自己的时间越来越少，看自己的眼神也越来越不耐烦，可是夏同恩还是相信洛生是喜欢她的。

那天她耳朵上戴着他亲手挑选的粉红色的桃心耳钉，而且那是生日的时候许洛生带她去打的耳洞。他说他会像那副耳钉一样刻进她的身体里，永远不离开。所以她相信他，会一直喜欢她。

圣诞节的时候她从家里偷偷溜出来和他约会，在路口等他时冷得牙齿打颤，最后他却带着一个漂亮女生出现在她面前。

所有的坚持终于被毁灭了，不管女生怎么挣扎，那终究是事实。

夏同恩哭着把给他买的热奶茶泼到了他的脸上，可是许洛生没解释，牵着漂亮女生走远。

"告诉我你在想什么。"沈暮又问一遍，他想要听到她亲口说，不管答案是什么。

夏同恩跟自己说不可以再心软。

"沈暮，我好像和你隔了很遥远的距离。每次和你在一起，我满脑子想到的却是洛生。他在我心里生了根发了芽，即使你们一模一样，可是怎么办，我好像真的没有办法喜欢沈暮你……对不起。"

夏同恩留下眼神颓败的男生独自离开。

哪里开始出现湿润的地方，女生吸了吸鼻子加快了脚步。

12

沈暮没有因为打架而被记过，并且顺利地拿到了保送名额，和程莘一起被保送到了 B 大。

　　他来找过她，那天他喝了酒，眼睛里满是令人心疼的疲惫。他说："同恩我不要保送，我只要你。你回到我身边，我们一起考到你喜欢的南方。不管怎样，只要你在我身边就好。"

　　夏同恩强忍着眼泪摇摇头，她说对不起。

　　沈暮像个任性的孩子一样把夏同恩抱进了怀里，他说："同恩，这副耳钉是我给你买的情人节礼物，我只是想替代许洛生来爱你。如果你有一点点喜欢我，那么请你，明天晚上戴着它们来学校广场找我。我会等你，一直等你。"

　　夏同恩闻到沈暮身上的酒味，这样一个干净的少年，如今被自己逼成了这副狼狈的样子。脖颈里传来的湿润的感觉，是沈暮的眼泪，她是那么清晰地感觉到了疼痛。

　　沈暮放开她走了回去，她看着他歪歪倒倒地走远，似是用尽半生的力气，才忍住追赶上去抱着他的冲动。

　　——即使我知道你喜欢我；即使我知道江城不忍看程莘伤心扬言要找我麻烦，而你为了维护我才和他起争执；即使你在我生日时送给我淡蓝色的星星耳钉让我忘记过去重新开始；即使你愿意放弃保送的机会和我在一起……

　　可是，我不可以让你为了我而放弃大好前程。

　　这是我和程莘之间的交换，也是我唯一能为你做的事。

　　你永远不会知道，你在某个时间已经悄悄在我心里留下了印记。不是因为和洛生相像，只是因为你是沈暮，那个在我梦里给我光亮的人。我曾以为你会带我走向光明，但是结尾我依旧感激没有怨恨。

而这些，你永远都不会知道。

夏同恩没有赴约，她把自己裹在被子里强迫自己睡过去。梦里沈暮渐渐走远，一直到，走出自己的梦里。

离高考还有三个月的时候，夏同恩办了手续回老家。

没有人送行，走出学校那一刻，夏同恩没有回头。

13

五年以后。

毕业后的沈暮和女友利用假期在家里帮忙收拾陈旧的东西，沈暮的妈妈是曾经很著名的钢琴家，两年前刚刚退休，她很喜欢这个腼腆温和的准儿媳，拿着照片讲沈暮小时候的一些事情。

"喂，沈暮，想不到你小时候那么调皮啊？"女友眨眨眼睛取笑沈暮。

沈暮淡淡地笑，那些事情，他好像一件也记不起来了。之前妈妈也从来没跟他讲过，他很好奇，于是问道："妈妈，为什么这些事我一件都没印象呢？"

"这个……你跟着你爸爸生活的时候出过一点事故，因为受伤忘记了吧……不过不记得也好，你那个不争气的爸爸可是害你不浅……要不是当初我悄悄把你从医院接了过来骗他说你死了，恐怕你现在就真被他带坏了啊……能摆脱他真是万幸……"说到伤心事，沈母不禁悲从中来。

"我爸……他以前是不是住在锦华镇？他……是不是姓许？"问出这两个问题的时候，沈暮感觉全身都在发抖。

"那是以前的事情了，都过去了。"沈母叹口气，不再说其他。

女友看到沈暮脸色苍白地跌坐到了地上，赶紧过去抱住了他："沈暮，你怎么了？"

那个人，她现在一定过得还好吧？

还会在每个夜晚抬头看着星星想念她的洛生吗？

又或者，所有的事情都已经随风散去了呢。

"没什么。"半晌之后，沈暮平静地回答。

我能感觉到你温柔的目光，你会一直陪伴我们的，对吗？

迷鹿

从林牧消失的那一天起，
我们就像丢失了同伴的迷鹿，
在天空奔跑着，没有方向，
也没有终点。

你我之间半透明

　　我给林牧写过很多信，他不知道。

　　没有人知道。

　　那天我打着一把小红伞，穿着一双白色的拖鞋，走过一条又一条的街道，最后停在林牧家楼下。墨绿色的爬山虎已经长得很茂盛，蔓延了整个墙壁，微风吹来时，轻轻翻转过浅浅的灰白色。它们悄悄地探到他的窗台，小心翼翼地向里面张望。

　　林牧的窗子依然紧闭着。

　　就像无数个中午那样，我收了伞，抬起头来望着他的窗子。

　　七月的阳光炽热地晒着我的皮肤，黑色的长发在阳光里泛出浅黄的色泽。汗水浸透了我的头发和棉布裙子，我觉得有一架飞机飞到了我的脑袋里，丁是耳边充斥的都是螺旋桨的声音，轰降降，轰降降。

　　我有一阵产生了恍惚的错觉，固执地认为林牧此刻也一定正躲在窗子后面看着我，他好看的眼睛眯成一条细线，褐色的瞳仁发出懒散的光，他就斜靠在窗子后面，透过某个缝隙，安静地看着我。

　　像我看他一样的，看着我。

这是一场旷日持久的对峙，在这样一个躁动而沉默的夏天一次又一次上演。时间如水般流经过去，浅浅地漫过我裸露的脚踝，也漫过了我强撑着的双眸。

林牧的窗子，依然紧闭着。

好吧，这一次，我是彻底地输掉了。我对着他的窗子轻轻地说。

我将小红伞折好放在林牧家的门口，连同那双已经脏了的白色拖鞋。我在夕阳里转身回家，柏油路面上的温度还未褪去，赤着的双脚引来很多人惊愕的目光。可是，你们随便看吧随便看吧。我什么都不在乎了。

直到回到家里，安格在看到我的同时发出尖叫，我不解地顺着他的目光往下看。白皙的小腿上鲜血淋漓，甚至还有一块扎进去一直没有掉下来的玻璃。是在哪里扎到的呢？我回忆着，却想不出来。

塔塔，疼吗？安格扶我到沙发前坐下，然后从抽屉里拿出药酒和纱布半跪到我的面前，他小心翼翼地擦拭着我的伤口，好看的眉毛纠结在一起。我转过头去，故意不去看他眼里流露出的心疼。外面的天空有一片一片玫瑰色的云朵，风很淡，旧时光在里面穿梭而过。

我听到有一个声音从不知名的地方传来，塔塔，疼吗？

还能感觉到疼吗？

我轻轻推开安格，一个人走进了屋里，然后很自然地将门反锁。乳白色的门框将两个世界的光影隔开，我听到一声轻轻的叹息。也许是安格的，也许不是。我不知道。

　　回到屋里以后我无事可做，只有蒙着被子睡觉。世界在一瞬间被黑暗覆盖，隐隐的，竟会觉得安心。很久以前我害怕天黑，天黑下来我们就要分开，回到属于各自的角落。我不知道林牧和安格是怎样的，只有我，一个人眼睁睁地望着外面的天空，期待着它能快一点重新亮起来。

　　可是现在，一切都失去了。我开始习惯黑夜，并且渐渐依赖上了它。

　　有人说，日有所思，夜有所梦，可是我从来没有梦见过林牧，一次都没有。也许我已经不会做梦了，可很多次醒来我的脸上都神奇地挂满了眼泪。

　　凌晨三点我会自然醒来，这个城市已然入睡，暧昧的霓虹透过窗帘投射到屋子里，是一种暗淡而又模糊的光。所有的东西都显得很不真切，就像林牧的瞳仁发出的光线，朦胧的，没有焦点，所以我永远都不知道他在想什么。

　　我给林牧的信就是在这个时候写的。

　　书桌上还放着一盏玫瑰形状的台灯，光线透过水晶的灯罩驱赶走了黑暗，却驱赶不走寂寞。

　　这是我十八岁生日那天得到的礼物，林牧和安格一起买来送给我的。那时候我们是最要好的朋友，在学校里勾肩搭背着一起翻墙逃课。这盏台灯就是有一次逃课出去时无意看到的，我趴在玻璃外面被它的美貌吸引，死活赖着不走，可是四位数的标价让我们三个望而却步。但是我在生日这天得到了它，我欢呼着扑上去在他们两个脸上各亲了一口。

　　那是我第一次亲吻林牧，也是唯一的一次。

　　事后一整天我的心脏都跳动个不停，我甚至心虚地不敢去看他好看的眼睛。那天下午我们三个坐在地上打斗地主，我心思恍惚，林牧漫不经心，安格顺势赢走了我们很多的钱。

我总是记得很多小事。有一次安格偷走了我藏在冰箱里的哈根达斯，我也记恨了他很久，甚至扬言要跟他绝交。你看，我就是这样小心眼的人，不记得他们俩辛辛苦苦去打零工挣钱给我买想要的一切，却把这些小事记得如此清楚。

安格常常恶狠狠对我说，太拘小节的人不会幸福，而且死得快。我伸手勾住他的脖子，我就拘小节怎么了？我现在很幸福很幸福，就这样死去了我也没什么遗憾。

唔。很久以后回想起来，如果那时候我真的就死去了，确实是很幸福的吧。

可惜没有如果。

张悦然说，她的王子，喜欢蜡烛胜于灯，喜欢绘画胜于篮球，喜欢咖啡店胜于游戏机房，喜欢文艺片胜于武打片，喜欢悲剧胜于喜剧，喜欢村上春树胜于王朔。

安格是后一种男生，而林牧，是前一种。就算林牧沉默的时候是大多数，但是他有那种气场，能不动声色地吸引我。他皱一皱眉，嘴角漾起什么样的弧度，我都会情不自禁地沉下去，沉下去，连呼吸都变得困难。

是的，我喜欢林牧多过安格。林牧于我而言是神圣的，时刻都带着光环，让我心甘情愿地仰望却永远不敢靠近。我甚至不敢正眼看他，只能无数次用余光装作不经意地从他脸上经过。他有着好看的侧脸，睫毛很长，嘴唇薄薄的，很性感。很多次，我都差点忍不住想要凑上去亲吻他，当然，只是想想而已。

但是安格不同，他鬼点子很多，脸皮也很厚，被老师罚去走廊站半

你我之间半透明

天也仍旧能对着过往的女生吹口哨。他对我了如指掌，敢直接冲进我屋里掀开我的被子拖我起床，甚至连大姨妈每个月什么时候来问候我都清清楚楚。

他们是我生命里最重要的两个男生，一直都是，永远都是。

林牧。我摊开一张 A4 纸，黑色的墨迹蔓延成男生的名字。

林牧，我今天又去找过你，可你还是不在。

林牧，你到底什么时候回来？你送我的小红伞我已经还给你了，如果不想我被太阳晒黑，明天就来我家接我。我把拖鞋也放在你们门口了，如果你不给我送回来，我就没办法出门了。

林牧，你明天会来的吧？

林牧，你一定要来。

——白塔

想了想，我把最后一句的句号换成了叹号，然后才满意地搁下了笔。看着抽屉里慢慢厚起来的信纸，我的心也跟着一点点凉了起来。把脸深深地埋进双臂里，眼泪又掉了下来。

第二天吃过午饭我没有出门，一直坐在沙发上逗猫咪玩。它没有名字，是林牧某个傍晚从街上捡来的。他说它跟着他走了好久好久，显得赖皮又楚楚可怜，就像白塔你一样。所以我就把它带回来了，以后你要好好照顾它。

我眯着眼睛看他，然后狠狠地点了点头。我歪着脑袋轻轻地抚摸怀抱里的小生命，林牧就那样笑了起来。温柔地，对着我微笑。

我喜欢的男孩，在逆着光线的黄昏，温柔地对着我微笑。他好看的轮廓被光线勾勒出一圈毛绒绒的光晕，像是童话里的王子一般完美。他伸手抚摸我的脸，我的眼泪就感动得掉了出来。

"林牧，我可以吻你吗？"我迷迷糊糊地就说了出来。

他愣了一下，眼睛里有流星稍纵即逝的光泽。可是他还没来得及回话，可恶的安格不知道从什么地方冒了出来，他看到我怀里的猫咪，夸张地扑了过来："白塔，你中了什么魔法居然变成了这个样子？你放心，我和林牧一定会打败巫婆解救出你！"

我反应过来的同时就朝他扑了过去，然后和他很快扭打到一起。

林牧站在一旁乐呵呵地看着我们，表情没有任何变化，我猜不出他刚才的想法。

都怪安格，全都怪他。我这么想着，长长的指甲"不小心"就在他的手臂上留下了一道又一道暗红色的痕迹。

学校里所有的女生都讨厌我，但我知道她们其实内心深处更加羡慕我一些。她们梦寐以求的两个男生每天都在我的身边，从不给其他人任何机会。她们会虚伪地来赞美我们三个的友谊，妄图从我这里探索到一些蛛丝马迹。

可是很遗憾，从小到现在，我们三个一如既往地要好看，并且越来越要好。谁也没办法改变。

他们会留下来帮我做值日，而我在一旁啃着冰激凌指手画脚叫他们快点干。

他们会帮我抄被罚写的一百遍学生守则，而我还是一次又一次地

你我之间半透明

重犯。

他们被我诱惑着逃掉了很多课，每一次在校长室里我却总是最无辜的那个。

如果可以，他们甚至会化妆成女生去帮我考我永远都及不了格的八百米。

我们是最完美的铁三角，说好在一起绝对不分开，直到永远永远。

可是横亘在我心里的天平，还是义无反顾地倒向了林牧这边。我知道这对我们的友谊而言是一场灾难，可是我没有任何办法。

"塔塔。"安格终于叫出了我的名字。我没有出去的这个下午，他一直安静地靠在窗台边看着我。我知道，可是我没有看他。

"你今天不出去了吗？"

"嗯。我把伞和拖鞋都留在林牧那里了，一会儿他会给我送过来的。"我漫不经心地回答，顺手将一小块鱼干喂进猫咪的嘴里。它砸吧砸吧了几下嘴唇，又继续可怜巴巴地看着我，然后在我怀里滚来滚去地撒起娇来。

听了我的话，安格跑到我的面前，注视着我的眼睛，可是他动了动嘴唇，终究没有再说什么，只是深深地叹了口气。

他回到了窗台边，开始一支一支不间断地抽烟，眼神颓败，一副很忧伤的样子。空气里弥漫着三五香烟的辛辣味，我蹙了蹙眉，起身去夺了他手里的还未燃完的烟，然后掐灭了扔进垃圾桶里。

"你什么时候学会的？抽烟对身体不好，以后不许再抽了。"我严肃地叮嘱他。然后抱着猫转身回到了房里。再次出来时已经是半夜，我去厨房喝水，安格屋里的灯还亮着，然后有低低的啜泣声。

我在他门口站了很久,可是没有伸手敲门。

从林牧消失的那一天起,我们就像丢失了同伴的迷鹿,在天空奔跑着,没有方向,也没有终点。

时间过得很艰难,我和安格都学会了哭泣。我们躲在彼此看不到的角落,各自流着泪舔舐伤口,可是伤口没有结痂,它们溃烂成永不愈合的缺口,并且日渐扩大。

林牧。我在这一天晚上写道,这是你离开的第九十七天,我再给你三天时间,你如果还不回来,我就真的生气了。

可是三天以后他没有回来,一周以后他还是没有回来。又一个月后,原本关机的手机已经变成"此号为空号,请查询后拨打"。

我在吃饭的时候终于发作,恶狠狠地将碗砸到了地上,饭菜撒了一地,安格默默地去找扫帚来收拾残局。我不解恨地抢过他手里的所有东西重重地扔了出去,像个泼妇一般地冲他吼:"以后不许再理林牧那个浑蛋了,我们和他绝交!一辈子绝交!八辈子绝交!"

安格第一次没有赞同我的意见,他凶巴巴地瞪着我,然后一巴掌打到我的脸上。火辣辣的燥热升腾起来,我猜我的脸一定红肿起来了。可是很奇怪,还是一点都不疼。

我似乎真的,已经不会感觉到疼了。

"白塔你这个蠢货!你不要再骗自己了,林牧他不会再回来了,永远都不会再回来了!"安格的眼睛越瞪越大,声音也越吼越恐怖,"林牧他已经死了,死了!"

你我之间半透明

　　这是安格第一次恶狠狠地骂我，第一次重重地打我，他把我摇晃得厉害，情绪非常激动，我只是奇怪地看着他。最后安格哭得很厉害，他把我紧紧地抱进怀里，不停地说："对不起对不起，塔塔对不起，我不该打你……"

　　我伸手去帮他擦眼泪，微笑着跟他说我没事。

　　塔塔你不要这样，他把头埋进我的胸前，林牧他真的已经死了，你这样让我好难过，比死了还难过。我已经失去他了，我不能再失去你了塔塔……

　　安格身上有男孩子特有的气息，很好闻，我忍不住大口大口地呼吸。他的头发已经三个月没有好好打理过了，变得很长，多了些颓废，少了些少年的明朗。我在心里比划着该剪去多长才会更加好看，耳朵里却不断充斥着死了死了死了的回音……

　　我摇了摇头还是挥散不去，紧接着眼前的事物都变得恍惚起来。在闭上眼睛的那一刻，我似乎看到林牧对着我微笑的样子，嘴角轻轻扬起一个弧度，笑得无比温柔。

　　是的，林牧不会再回来了。他永远，都不会再回来了。

　　他死于一场意外，在三个月以前，在去给我买商店新出品的草莓蛋挞的路上。

　　我看不清楚他的内心，不知道他对我的好是出于哪种感情，于是只好一次又一次小心翼翼地去试探。

　　可是直到最后，也没有明白他的想法。我想象不出他被车撞倒那刻的情景，只知道一定很疼很疼。比我经历过的任何事情都要疼，和他比起来，我经历过的任何事情都不值得用疼这个字眼来形容。除了他的离开。

这是一场没有结局的结局。可是我却已经失去了他，意识到这一点的时候，我的心脏就像被人一刀一刀慢慢地割开，鲜血淋漓，痛不欲生。

我终于还是梦见了林牧。我们换了一下角色，这次是他安静地站在楼下，看着我，脸上挂着温柔的笑容，眼眸明亮而清澈，这是我第一次看清他的目光，沉默的，爱怜的，包容的，欲言又止的……目光。我想我终于明白了他。

我想叫他，却如同被人扼住了咽喉。他笑着冲我挥挥手，温柔地唤着我的名字。我想追出去，却动弹不得，眼睁睁地看着他的背影被白雾吞噬。

我知道，他是真的要离开了。

仿佛脊骨被人生生地抽了出去，下一秒就会坍塌下去。难受席卷而来，我哭着醒了过来。

安格在我床头睡着了，他的神色很憔悴，哪怕在睡梦里，仍旧很痛苦很担心的样子。我忽然觉得心疼，伸手去握住了他的手，在下一个瞬间，他温暖的手心，紧紧地回握了回来。

我终于明白，不管是爱情还是友谊，这些已然不再重要。他们都是我生命里最重要的两个人，永永远远都是。

林牧，我们说好永远在一起。

我能感觉到你温柔的目光，你会一直陪伴我们的，对吗？

我们是三个人。

从此以后，我们是一个人。

我想知道，他在这样的夜晚，有没有想起过我。

碎梦

我们终于选择了
不同的道路，
奔赴未知的将来。

苏醒终于决定离开了。

一个人，去远方。

我很想问问他，一个人奔走在陌生的世界，真的不会恐慌吗？

可是我也知道，他永远不会回答我，只会看着我安静地笑。他的牙齿白白的，左耳朵上戴着一只被切割成菱形的耳钉，会在阳光下发出一朵小小的、璀璨的光芒。

他的笑容永远让我觉得安心，可是，我也知道，他骨子里有多么倔强。

所以当他得意洋洋地告诉我他的计划时，我知道，我就要失去他了。

或许，永远地失去他了。

在午后无人的天台，天空显得又高又远，我伸出手踮起脚尖，也触摸不到。我吸了吸鼻子，走上前去，轻轻地抱了抱他。

苏醒，我们是要说再见了吗？我想。

他离开那天天气还不错，我坐在靠窗的位置望着外面明晃晃的世界，手里学着他平常的样子转着铅笔，可笔总是掉在地上。

我懒得弯腰去捡，于是换了支笔继续转，然后它果然又做了自由落体运动。这样来来回回几次，我的文具袋里再也没有多余的笔供我转了。

笔掉了一地，看起来很乱的样子。

我的同桌是一个乖乖女，她悄悄地看了我一眼，然后嫌弃地坐远了点。她的睫毛很长，鼻子很小，齐齐的刘海，校服总是穿得很干净整齐。有时候在阳光下看着她，总会让我不由自主地想起一种叫做樱桃的水果。

但是很明显，她不喜欢我，或者很讨厌我，这一点我并不在意。有时候看到她躲着我的样子，我还会怜悯她。她是那样的女生，心里讨厌，却永远不会从嘴里说出来。很可怜。

讲台上老师永远说着我听不懂的话，那个更年期的女人在无数次把我赶出教室之后彻底失去了折磨我的兴趣。她手里执着教鞭，凌厉的目光在教室里来回巡视，我猜，那目光里面早已没有我。

离下课还有二十分钟，我听不进去任何东西，也无事可做。于是趴在桌子上幻想苏醒此时此刻在做什么。

他一定穿着那件旧旧的格子衬衫和洗得发白的牛仔裤，他太瘦了，衣服里永远显得空空荡荡。他的画板一如既往地背在瘦骨嶙峋的背上，手里提着一只小小的军绿色帆布包，那里面装着他为数不多的衣物。

他站在车站涌动的人海里，倔强得像一棵小杉树。他的脸上一定有得逞的笑容，嘴角稍微上扬，看起来年轻而又邪气。

火车将在下午两点离开，带着他奔向未知的远方。

不知道他在这时候有没有想起过我。我拿出手机，上面显示现在的时间是十一点零五分。手机屏幕被蓝色的海洋填充，干净的蓝色。上面没有显示有未接来电或者未读短信。

他的教室就在对面，我身子往后一点就能看到他的座位。以前我常

你我之间半透明

常隔着两扇门和一米多宽的走廊对着苏醒做鬼脸，他有时会在座位上笑得前俯后仰，有时会很正经地当作没看到。

他的位置已经空了两天了，没有人发现。除了我。

我的苏醒，他就要离开了。可是没有人知道，也没有人替我挽留他。

我忽然觉得很难过。

第一次见到苏醒是在美术楼破败的走廊里。

那天我向往常一样从教室里偷偷溜出来，却因为操场那边正在翻修而出不去，于是在学校里无聊地瞎晃悠。美术大楼是学校下一步要翻修的地方，那里已经没有上课的学生了。教室里堆满了乱七八糟的垃圾，一些颜料和撕成碎屑的宣纸到处都是。墙壁上的粉也有大面积的脱落，走廊上有穿堂风经过，场景显得很诡异，所以当一只手突然搭在我肩上的时候，我惊慌失措地尖叫起来。

然后下一个瞬间，对方的手捂住了我的嘴巴，手指冰冰凉凉的，在躁动的夏天，让我觉得很舒服。可是，我当时真的以为是遇见鬼了。

"你别害怕，我不是坏人。"大概是受了我的影响，好听的声音也显得有些慌张。

我壮着胆子回过头去，于是看到了一个瘦瘦高高的漂亮男生。

男生穿着旧旧的格子衬衫和洗得发白的牛仔裤，熟识之后我才知道这是他最爱的青春打扮。他的头发短短的很精神，皮肤很白，眼睛是好看的琥珀色，像是一汪湖水，它们静静地注视着我，清澈得让我的面颊情不自禁地烫了起来。

"你是谁？"我有些生气他的装神弄鬼。

"我叫苏醒，高三C班，学美术的艺术生。"他这样自我介绍，顺便侧了侧身子让我看到他背上的画板，以证明他说的是实话。

"你呢？"他看着我，眉头微微蹙了起来，"现在是上课时间，你怎么会出现在这里？"

"我……我是值日的老师，我是来巡查有没有逃课的坏学生的。"我扬起下巴看着他，"你不会就是逃课出来的吧？回头让你的班主任来我办公室解释一下情况。"

他不说话，眉头却舒展开来。他只是看着我的眼睛，很温和，却让我再次紧张起来。没隔几秒钟我就投降了。

"呃……开个玩笑而已嘛。"我嘟囔着，然后别开了脸。一直和他这样对视下去，我真的会窒息而死的。

"我也是，开个玩笑而已。"他笑着说。我疑惑地看着他，不知道他是在故意学我，还是真的在开玩笑。

他轻轻推开了教室的门，然后走了进去。我瘪了瘪嘴，也跟着走了进去。

那天下午，我和苏醒两个人待在乱糟糟的画室里。他认真地画着画，我觉得无趣，就随便找了一个位置睡起觉来。

醒来之后又看到他在我对面微笑着看着我，我搓了搓惺忪的眼睛，以为他是对我一见钟情了，内心还很羞涩。可是后来看到他画板上勾勒出的那个胖胖的睡得很甜的女生，以及嘴角不停滴下来的口水时，我卷起袖子差点跟他拼命。

我说过了，苏醒的教室就在对面。那天回来我搬着我的桌子椅子浩浩荡荡地往教室后面走。桌肚里塞满了无数本过期杂志和开了封却没吃完的薯片。我找到一个合适的座位，后门打开的时候，身子往后一点就能看到苏醒上课的样子。

　　我和苏醒莫名其妙地混到了一起。也许就和他们说的一样，我看上了苏醒的美貌，所以主动去勾引他，而苏醒是那样好的男孩，他不懂得拒绝，没有办法甩掉我。

　　其实我也不太清楚，有一点可以肯定的是，我喜欢苏醒清澈的目光。他的眼睛好看明亮，身上有阳光的明朗，他从来不嫌弃我，总是对我温暖地笑。我喜欢跟他在一起。但是他为什么不排斥我，我就真的不知道了。

　　我有时恬不知耻地想，或许，他也是看中了我的美貌吧。

　　我常常和苏醒同时登上学校的公告榜，我是得处分，而他是得奖。我对画画一窍不通，但是听说苏醒的画是全校最好的。画什么像什么，生动灵气，参加比赛从来都拿第一，学校的老师都把他当宝贝，觉得他将来一定会成为画家，为学校争光。

　　所有人都羡慕苏醒，他是那样的优秀。可是只有我知道，我的苏醒，他并不如大家想象的那样快乐。

　　他和我一样，有着光洁的表面，而内心千疮百孔。

　　有一次苏醒获得了全国美术大赛的一等奖，还有五千块的奖金，学校的横幅拉得到处都是，集会时苏醒和往常一样上去念了三分钟的感谢。那天晚上我缠着他请客，他带我去吃了爬爬虾。我平时吃饭都是狼吞虎咽，吃那种麻烦的东西很不懂要领。于是嘴巴被扎烂了好多处，苏醒担心我这样下去会变成哑巴，于是耐心地一只一只剥好了放到我盘子里。

　　那天他说话很少，眼睛里像是蒙了一层雾气，像是有心事。他剥虾的动作很认真，隔着暧昧的灯光，我忽然觉得很心疼，不由自主地弓起身子将手探到他的眼睛上，我说："苏醒，你不开心。"

我的苏醒从来不会说谎。他看着我，然后点了点头。

"商桑，我并不想去参加那些所谓的美术大赛。"

"你不是很喜欢画画吗？"我很疑惑。

"我是喜欢画画，可是不是参加比赛的那种。我喜欢画的是我眼睛看到的心灵感受到的世界，它们不可触摸却让我痴迷。而比赛那种，老师让我画什么我就画什么，不能违抗。我不喜欢那些瓶瓶罐罐，我只想画属于我感受的东西，虽然这次拿了一等奖，可是却因为参赛作品的问题和老师大吵了一架。"

"商桑，我觉得很累。"

我惊讶地看着他，却不知道该怎么安慰他。我的苏醒，原来他也不快乐。

我们常常漫无目的地走在夜晚的大街上，周围人来人往，霓虹闪烁。累了我们就坐在世纪广场的木椅上，互相依偎着，望着超市外面的大屏幕发呆。

苏醒说："商桑，我又和我的老师吵架了。最近我们常常发生争执，你还记得我们第一次在美术楼里遇到吗？那天我也是从课堂上逃出来的。"

"嗯。我明白，不用想太多，你看我，从来都不管老师说我什么。"我玩弄着苏醒的手，他的手指削瘦，骨节泛白，长期作画，上面却很干净，没有沾染上任何颜料。

"商桑，我真羡慕你。"苏醒喃喃地说。

苏醒说过很多次羡慕我。

羡慕我羡慕我，可是我究竟有什么是值得羡慕的呢？

有一次在天台上，苏醒认真地画着蓝天，我躺在一边，想着昨晚上家里那个女人又带回了陌生男人。她已经快四十岁了，却依旧喜欢鲜红色的口红和裸露的衣裳。她的身材在这些年走形得厉害，我真想象不出她走在人群里接受别人唾弃的目光时是怎样的心理。

她给我买很多漂亮的衣服，带我去烫我喜欢的头发。只要我看上的，她都满足我。似乎从来没有考虑过那些到底适不适合我这个年纪。我不知道她到底爱不爱我。

她她她她她……我从来不愿意承认，她是生我养我的人。她……是我的母亲。

我突然就觉得胃里酸涩得难受，很恶心，想要吐。可是我不想在苏醒面前表现出来。

我故作神气地从地上一跃而起，然后兴奋地告诉苏醒，我打算去远方。

苏醒停下笔，天蓝色的颜料已经涂抹了大半张宣纸，那是和苏醒获奖的作品完全不一样的画，没有任何约束，好像颜料自己在宣纸上挥洒，抽象凌乱，却充满了生命的张力。

我忽然感动得想哭。

"苏醒，我真羡慕你。"

"知道我为什么喜欢和你在一起吗？"苏醒看着我，"因为你是那样自由，那样美好，从来不理会别人怎样看，你活得如此坚强，生机勃勃，而这些，我永远都做不到。"

　　有时候他们上副课，我就端着凳子去挨着他坐。他从来不训斥我，只会看着我无可奈何地笑。那年我的名声很烂，整个高三年级都知道B班有个女生叫商桑，巧克力色的卷发，喜欢穿大红色的裙子和白拖鞋，七个耳洞，戴手镯一般大的耳环，脸皮很厚，成绩是万年的第一，倒数的。

　　商桑没有爸爸，她妈妈生活不检点，她也跟着不学好。好孩子们都躲着她，不要跟她学坏了。

　　可笑的是，C班的老妖精常常踢着正步在讲台上把我当成范例讲，告诉那帮艺术生，他们只是成绩差点但是前途一片光明，像商桑那样的，才是真的没救了。

　　那个老妖精一定不知道，我的耳朵就贴在他们班的墙壁上。虽然我脸皮很厚，但在听到她这样重复讲了五次之后，我卷起袖子准备跟她干上一架。我气势汹汹地往他们教室冲，苏醒那个混蛋却把门"砰"地一下关上了。

　　我在他们教室门口，对着老妖精破口大骂，在她来捉我之前飞快地溜了。我脸皮很厚，什么都不怕。

　　那是我第几次逃课我已经忘记了，学校的操场依旧在翻修，那天我大摇大摆地走了正门，心里翻腾着滚滚烈火，想着"拦我者死"。奇怪的是，学校的保安竟然没有管我。或许，他们也已经把我当成空气了。

　　双脚迈出大门那一刻，我忽然觉得有点虚脱。回过头去看干净而肃穆的校园，现在是上课时间，一切都在有条不紊地进行，没有人会来管我。

　　这不是属于我的地方。

　　事情是以我上了公告终止。老妖精本来逼我请家长来，后来她扶了扶眼镜，鄙视地补充了一句"算了，不要脏了我的办公室"。我当着她

你我之间半透明

的面把口水吐在了她的高跟鞋上，然后转身出了办公室，她在我身后发出恐怖的尖叫。

那段时间我也不再主动去找苏醒，他拦着我去跟老妖精拼命，他关上了我要冲进去的门。他不是我的朋友，我们始终不一样。

怨气从心里翻腾出来，一发不可收拾。我接连几天没有去上课。整天躺在屋里装死。那个女人从来不问我为什么逃课，老师打电话来时还会假惺惺地说我生病发烧得厉害，恐怕这几天都不能去学校了。

她和我一样，对于逃课，已经习以为常。

她给我买来我最喜欢的冒菜，然后兴奋地唤我快出来吃。我光着脚丫去客厅。她正忙着把冒菜倒进更大的碗里，然后去厨房里拿干净的筷子。她的腰上已经有很多赘肉，才烫好的卷发也没来得及打理，显得乱蓬蓬的。

我瘪了瘪嘴，心里很难受。

我挑了一块土豆片放在嘴里，却觉得味同嚼蜡。我说：“我不想再上学了。”

她迟疑了好一会儿，然后笑着说：“好，你不想上就不上了。妈妈养你。”

“你养我？你拿什么来养我？就靠着那些恶心的男人吗？如果你寂寞了，你就找一个好男人嫁了，不要耽我！不要一个又一个地换男朋友，我已经长大了，你知道学校里的人怎么看我的吗？你到底有没有替我考虑过？！我拜托你，以后可不可以不要再做那些丢脸的事情！你从来都不爱我，从来不考虑我的感受！我讨厌你！”

我把热腾腾的冒菜推翻在了地上，油汤洒了一地，它们浸透了灰白色的地毯。慢慢地，一点一点地，浸透了灰白色的地毯。

　　她好半天没有说话，有些不知所措。我恨恨地转身出了门，想着一辈子再也不回去了。

　　一辈子都绝不再回去了。

　　我没想到能遇到苏醒。他还是穿着那件旧旧的格子衬衫和洗得发白的牛仔裤，背着画板，有些落寞地站在我家门口。看到我气冲冲地出来时，神色变得有些紧张。

　　"你来干吗？以后别再来找我，我讨厌死你了！讨厌死你们了！所有人！"我把怒火转移到了可怜的苏醒身上，冲他吼完以后我就头也不回地跑开了。

　　那天下午他一直跟在我的后面走过了一条又一条街道。直到我没了力气，软塌塌地躺在路边的横椅上。他小心翼翼地坐了过来，欲言又止。

　　"商桑……"他叫我的名字。

　　我闭上眼睛，假装没听到。

　　"我要离开了。"他继续说。

　　去比赛吗？我想着。

　　"去远方，也许永远都不会再回来了。"他望着天空，说这话时脸上充满了向往。

　　我从椅子上坐了起来，看着他，依旧没有说话。他对我笑了笑，我心中满怀的怒气就烟消云散了。

　　他牵着我的手去买我喜欢的荔枝味的奶茶，然后细心地插好吸管递到我的手心里，安静地看着我大口大口地喝下去。

　　苏醒说："商桑，你不要再生我的气了。那天你从办公室出来以后，我就替你报仇了。"

"怎么替我报仇的？"我好奇地看着得意洋洋的苏醒，猜想着他怎么帮我对付老妖精的，不会是替我抽了她两巴掌吧？我摇了摇头，这不是苏醒能做出来的事。

"你回学校就知道了。"他还在故作神秘，说，"其实我一直也很讨厌（我提示他要叫她老妖精）……老妖精的，她特势利，我见不惯她很久了。"

"我才不回学校嘞。"我伸手抓了抓他的头发，"我要是真回去了，她还不知道会怎么收拾我。而且，我已经跟我妈说了，我不打算再上学了。干脆……你带我一块走吧。"

"商桑，其实你很喜欢上学的，我知道。只要你愿意，你一定会变成一个很好的学生，我敢保证。"苏醒认真地看着我的眼睛，"可是，如果你真的想跟我一起，我们就一起走。"

"去哪呢？你有钱吗？"

我的苏醒，从口袋里掏出一张存折，他给我看上面五位数的余额。我这才知道，这个平素听话的好学生，一直都有着出走的计划。他去参加那些自己厌恶的比赛，只是为了拿到一笔笔客观的奖金。他把它们全部存了起来，为了支撑他要去远方的梦想。

我的苏醒，我到现在才明白，他是那样一个勇敢的少年。

那天晚上我回家收拾行李，天色已经很晚，家里的灯亮着，开门的瞬间，我有片刻的犹豫。那个女人已经把家里收拾得干干净净，喷上了柠檬味的空气清新剂，桌子上铺起了新买的洁白的桌布。她看到我回来，开心地从厨房里端出已经快凉的饭菜。

我不忍心再拒绝她，于是乖乖地坐到了座位上。

她的心情看起来很好，似乎下午的事情只是出自我的幻觉。她把头发梳得很整齐，用黑色的夹子夹成好看的发髻。她换上了棉布裙子，看起来干净得体，像个十七岁女孩的母亲。

我突然觉得她原来如此好看。

她说："商桑，妈妈明天就去找工作，我下午出去看了看，附近的超市正在招收营业员，我问过了，只要我愿意，随时都可以去。只是工资一般，但是供给我们母女生活也足够了。妈妈以前是希望你考个好大学，但是我更愿意我的女儿快快乐乐地生活下去。不管你做什么，我都支持你。

"商桑，原谅妈妈好吗？"

她看着我，眼睛里泛着泪光，在灯光下晶晶亮亮的，很美。

我的心就这样柔软下来。

其实她一直都对我很好。是这个世界上，对我最好的人。就算很多人不喜欢她，可是我没有权利也没有资格去质疑她鄙弃她。她是我的母亲。

我不能离开她。不能。

我上前抱着她，眼泪掉下来，却感受到了从未有过的温暖。

我回到了学校。拉直了头发，重新染回了黑色，开始穿熨得很平的校服，上课不再开小差，就算听不懂，也强迫自己听下去。课桌里的期刊杂志和零食变成了摆得很整齐的各类习题集，我开始认真学习，像所有的高三学生一样。

像所有的乖孩子一样。

学校里张贴出了新的公告，这一次，我和苏醒的名字出现在一张纸上。那是记过处分。

后来我听我的同桌说，苏醒当天冲进办公室，粗鲁地夺过了老妖精的树脂镜片眼镜，然后摔到地上，还恶狠狠地将眼镜踩了个稀巴烂。他还特张狂地指着老妖精的鼻子说："我最看不起你这种势利眼了，恶心得要命！"

我的樱桃同桌说起这件事时，脸上竟然充满了崇拜。我翻了翻白眼，想着果然还是花痴少女。

其实，我内心里，也开始崇拜起苏醒来。

我的苏醒。

对于我的改变，苏醒似乎很开心。可是他要去远方的决定，已经无法改变。

自从他在办公室的英勇事迹传开以后，他在老师眼中也沦为了和我一样恶劣的学生。他更加放任地在专业课上画自己喜欢的画，渐渐地，老师们也不再管他。

他就要去远方了，一个人。

我很想问问他，一个人奔走在陌生的世界，真的不会恐慌吗？

可是我也知道，他永远不会回答我，只会看着我安静地笑。他的牙齿白白的，左耳朵上戴着一只被切割成菱形的耳钉，会在阳光下发出一朵小小的、璀璨的光芒。

他的笑容永远让我觉得安心，可是，我也知道，他骨子里有多么倔强。

所以当他得意洋洋地告诉我他的计划时，我知道，我就要失去他了。

或许，永远地失去他了。

我们终于选择了不同的道路，奔赴未知的将来。

他一个人。我也是，一个人。

在午后无人的天台，天空显得又高又远，我伸出手踮起脚尖，也触摸不到。我吸了吸鼻子，走上前去，轻轻地抱了抱他。

苏醒，我们是要说再见了吗？我想。

四月十一日下午两点。苏醒乘坐火车去了远方。

四月十一日下午两点。我抱着从图书馆借来的英语资料急急忙忙奔向教室。

我们也许将从此不再见面。

很久以后的一天我在做作业时，耳朵里传来歌手略带沙哑的声音突然让我泪流满面。

妈妈在厨房里忙碌着为我准备夜宵。她在超市上班，人也日渐明朗。她喜欢为我做好吃的饭菜，并且嘴里哼着一些过气却依旧好听的调调。她爱我，我确定。

我放下笔想起苏醒。想起那个有着清澈的目光内心却倔强到无以复加的漂亮男孩。音乐还在继续，唱到我心都融化了，眼泪不止。

我的苏醒。我想知道，他在这样的夜晚，有没有想起过我。

如果生命只是一场碎梦 / 我为什么还在追逐 / 如果人们看到我的背影 / 还会不会为这个傻瓜而感动 /

我们独自走在路上 / 穿越那些山脉和河流 / 已经忘了生命的存在 / 走在独自一人的路上

人之所以困惑，是因为在思考。

如果你
听见我的心

人生啊，
失败不是结局，
认输才是。

你我之间半透明

0

"为什么有些人看起来总是很轻盈？"
"因为重的部分都沉下去了。"

1

21 岁那年冬天，人生像被谁恶作剧似的搞得一团糟。

在此之前，因为专业成绩排名第一又有获奖经历，导师告诉我保研名额十拿九稳。大四之前的假期在一家做电子产品出口贸易的公司实习，毕业即可转正。学业和工作，无论怎么选择都很光明。

变故却突如其来。

先是工作出了岔子。因为发错订货单，导致两家合作公司无法按计划投入生产。项目经理召开会议，清算到最后是需要有人承担。

"实习生出差错的可能性最大。"前辈说，"你主动承担，后续问题我可以帮你处理。春天入职面试的负责人是我，你放心。"

就这样，我结束了实习生涯，并且没有接受前辈的"好意"。之后投出无数简历，心仪的公司也有给我面试机会，问到之前的实习经历，我坦诚作答的结果换来的尽是不合格。连续几次，意兴阑珊。

与此同时，保研名额也被人顶替走了。

我小时候，妈妈总说"要真挚、正直地活着"，我因此潜移默化地认为这是最美好的人生姿态。我恪守本分，认真念书，顺利考上大学后也没有怠慢。但社会却是，属于你的机会会变成别人的机会，不是你的问题倒是会变成你的问题。

到头来只剩下窘迫狼狈。

"又不是小孩子，要能屈能伸，懂得睁一只眼闭一只眼。"

"正因为不是小孩子，有些规则才更要遵守。"

"幼稚。"男友不屑地说。

"我可能暂时没办法做到这种成熟。"

"抱歉，我也没时间等你长大。"

和男友冷战了两周，往日堆积的分歧把感情推到尽头，就这样彼此默认分了手。

那段时间没有上课，不再打工，索性连投简历也停了下来。年轻气盛，一边想迅速掌握这个世界的通关技能，一边又想事事讨个说法。就这样对世事满心不甘，也满脑子困惑。

很长时间不出门，整天待在租来的小房间里看综艺节目和日剧，累了倒头就睡。空调遥控器的电池用尽了也懒得管，直接从衣柜里拿出厚衣服盖到被子上。有一晚我被冻醒，睡眼惺忪踩着散了一地的衣服去喝水。外面下着雨。不远处的马路上偶尔传来车辆经过的声音，以及窗户顶棚的透明薄膜上雨水汇集的声音。喉咙干涩得厉害，我张了张嘴，发现自己讲不出话。

那瞬间突然意识到的。

——我失业了哦。

——也失恋了哦。

重新躺回床上，将衣服一一铺好，我拿出手机在通讯录上来回搜寻，只是想跟谁说说话，说什么都可以。

最终电话没能拨出去。

2

到了平安夜，因住在学校附近，节日气氛浓郁。在人生的十字路口里动弹不得的我，慢慢焦虑得像一颗一引即爆的炸弹，只好离热闹远远的，依旧一个人躺在房间里读书。

"平安夜我一个人过，在公寓的房间里盖上棉被捂住耳朵。过年也一个人过，我没有吃年糕。情人节也一个人过，我没有买巧克力。觉得天气变暖和时，樱花也开了，我没去赏花。半夜，觉得肚子好饿，我打开冰箱一看，空荡荡的。就如同文字的叙述，冰箱里面什么也没有。我又饿着肚子回到被窝里。"

清清楚楚地记得这段话，来自《被嫌弃的松子的一生》。直到现在。

莹白色的壁灯圈出一小团光亮的领域，其他角落笼罩在灰暗里。时间是融化的透明流质，静静流淌。

读不下去，便起身去做晚餐。

打开冰箱看到两袋泡面时我松了口气。将两块面饼放进唯一的一只大碗里，倒入开水，放上盖子，等待五分钟。

书胡乱地扔在枕边，窗户依然紧闭着。没有打开电视，也没有播放音乐，一个人盘着腿坐在地板上面对热气腾腾的食物，什么也没想地默默举起筷子。

并不是很饿，却在努力吃饭。

并不想孤独，却总是一个人。

不该这样继续，暂时找不到改变的办法。着急得不得了，也不甘低头认输。

世界就这样被卡带了。被施了魔法似的，一切停滞下来。也许几秒，也许几分钟，也许更长时间，那些升腾的气流汇聚成鼻腔里磅礴的酸涩。扁起的嘴唇委屈地颤抖着，终于抖落成号啕的哭声。

3

放寒假再拖拖拉拉，春节前也要回家。

家在小城市里，出门尽是亲戚。丢了保研名额，实习失败又分手的事，似乎人尽皆知。都是建议或者同情，还有趁机来介绍相亲的，关于未来没有一件可确认的事，却不得不逞着笑疲软笨拙地回应。压力暴增，一点小事也会生气。

待在家里无事可做，便把男友相关的物件一一清理打包，填好地址打算寄回给他。一鼓作气做完，只是一些来往信件、情侣布偶、电影票、甚至还有上课传过的小纸条，曾经珍贵，只剩回忆。考虑到将这些寄回去会让对方误以为我在悲情挽留，不如扔掉。回头箱子却不见了，站在阳台上晾衣服的妈妈得意洋洋地告诉我早上寄出去了。

"为什么要擅自寄出去？"

"东西包好不是为了寄吗？"

"我自己会处理。"

"你在生什么气？"妈妈莫名其妙地看着我。

"就因为你总这么闲，什么话都到处说，你知不知道这样我很丢脸？"

"又不是你的错，有什么丢脸的。"妈妈不以为然，"离开那样的公司，我还为你骄傲呢。"

"我会烦啊！"我控制不了情绪，"帮不了我也拜托不要给我添麻烦！"

"我怎么给你添麻烦了？饭给你做好，衣服也不让你洗，你日子过得还不舒服吗？"妈妈委屈地喊，"你到底怎么了嘛？"

"我受够了。"我面无表情地起身回房整理行李。

隔天很早起床洗漱，脚踢到东西，低头发现了那箱包裹。已经旧了很多，快递单上被划了很大的叉。

后来爸爸告诉我："你妈妈赶在发车前去取回来的，一大车快递里翻翻找找一个多小时，在快递那里讨了不少嫌。"

爸爸要上班，是妈妈送我去车站。气氛尴尬，我们僵着不说话。坐上车后她冲我挥手，我想跟她说点什么，喉咙里又发不出声音。倒数几分钟时，她又回来了。冲我扬了扬手里的车票："想了想，我还是不放心，这次一定要把你送到学校去。"

在我狭窄的出租房里，妈妈坚持睡沙发。她曾从高处跌落，摔断一根肋骨，伤好以后胸前凸出很大一块骨质增生，身子不舒服会硌得疼。我不同意，让她睡到床上去。

"我就睡这里。"她放好枕头躺上沙发。

最后是我抛下一句"为什么这点小事也不能顺我的意？"气鼓鼓地摁灭了灯。

黑暗里我们谁也没有开口，我故意背对着她面向墙的一侧。过了一会儿，她叫我的名字，我赌气没有应答。再叫一次，我依旧没有吭声。

"妈妈从来没想过为难你，我只是……算了，睡吧。"她轻轻叹了口气。

再睁眼已是次日清晨。

我洗漱完出来，她把早饭端上桌。熬了稀粥，一叠泡菜，一杯牛奶。待我入座，她将剥好的水煮蛋递过来。

"生意不能歇太久，不开业就得坐吃山空。我还想趁着这几年身体好多攒些钱，不管你将来想干吗，钱都是不能少的。"

"我的钱够用。"

"那我就当攒嫁妆好了嘛？"她语气缓和，没继续跟我争。

"男朋友还没个影，急什么呢。"

"不急不急。我这不是赚得少，需要慢慢攒嘛。"她接着说，"等你吃完饭，我把房间再收拾一遍，应该能赶上9点那班车回去。你不用送我。"

怎么可能让她独自走呢。

在候车室里，我去排队给她买票回来又不见了她身影。她的手机在我这里，找了一圈没看到人，急得打算去播广播时，终于在人潮里看到她急急忙忙跑来。

"刚才进站时看到入口有超市，想着天凉去给你买瓶热饮，没想到迷路了。年纪大了，人又笨，几步的距离找了半天才转回来。饮料都快凉了。"她尴尬地笑了笑，盯着我，"你该等急了吧？"

"没有。"我说。

离发车还有一会儿，我们坐在候车室里等待。因为被她拉着手竟然全身紧绷起来。

"我不太会表达，知道你现在很辛苦也不知道该怎么帮助你。但你必须记住一点，做父母的都希望自己的孩子好。有什么不开心你就给我打电话，不想说话发短信也行。知道你烦，我也不吵你。"她脸上一副深信不疑的表情，"人之所以困惑，是因为在思考。懂得考虑未来，以后的路就不会差到哪里去，我相信我的女儿会找到最好的路。等再过几年你自然会明白，这些都不是了不得的大事。人生啊，失败不是结局，认输才是。"

她紧紧握着我的手："都会好起来的，你相信我。"

——等再过几年你自然会明白，这些都不是了不得的大事。
——人生啊，失败不是结局，认输才是。

我曾热烈地投入这个世界，有一天突然明白，这个世界哪里少了我都可以。于是迷茫了、怀疑了、退缩了，我存在的意义在哪里？

　　希望与失望之间，不是黑与白，天与地，而是非常近距离的交接点，又矛盾又亲密。炽热跳动的心，没有倾听的人。21 岁，懵懵懂懂，还未成熟。因为年轻，轻易被世界的棱角所伤。也因为年轻，只是心怀期望便有了更多力量。

　　广播里通知十五分钟后发车，我送她去检票口。

　　"妈妈。"

　　"怎么了？"

　　"妈妈……"

　　"嗯？"

　　"到家了给我报平安。"我手里握着她买的热饮，温度早已退却了。

　　"好，放心吧。"

　　"妈妈……"

　　她笑起来："在呢。"

　　"……对不起。"

　　4

　　大年初一曾同家人去寺庙参拜。

　　站在佛堂前，将硬币撒进功德箱，小心翼翼地掌心合十。闭上眼睛的短暂几秒，世界安静下来，耳膜被袅远的佛音回绕。

　　有很多愿望想对神祈愿。

希望家人身体健康。

希望找到通往未来的路。

希望有人能听见我的心。

21 岁的冬天，收起了青春的稚气跟跄着步入成熟，也曾以为面对未来得心应手，站在人生的十字路口时依旧被铺天盖地的迷茫无措席卷，像焦虑的小狮子原地打转。水化成云，云化作雨，雨落入眼眸，凝成悄无声息的眼泪。就这样浅浅存在，轻轻叫嚣。一边学着隐忍，一边誓死抵抗。

最后依旧从包裹的茧里挣脱，伸展透明的、脆弱的翅膀。在星和月间，在山与海里，一路乘着风和雨，开始飞往天际的征程。

等再过几年你自然会明白，这些都不是了不得的大事。

我已经很难再想起你温暖的臂膀曾给我圈起一个小小的天堂。

简以时光

你依旧还是我的偶像，
在我眼里你依旧
还是维纳斯的化身。

你我之间半透明

很久以后我才明白过来，那些隐忍的、包容的、欲说还休的目光，不是因为你的软弱，而是因为，你爱我，你爱这个世界。

下午考试的时候手机突然响起，事先忘了关机也忘了调成静音，一时间安静的教室里怨声四起，监考老师大步跨下讲台然后站到了我面前，居高临下地冲我伸出左手。

还好只是普通的测验，但是到点之后我仍旧踟蹰着不知道该怎么上前去讨回我的手机，扭捏着站到了正在装卷子的老师面前，迟迟开不了口。也许是因为我平日里的本分，老师并没有为难我，将手机还给我时语重心长地说了一句："无论做什么，都不要忘了一点，你现在还是个高三的学生。"明显是被误会了，那一刻我有点想哭。

看了看未接来电显示，果然是你打来的。从来都是如此，你给我制造麻烦技术一流。

这时候你的电话又打进来，我没好气地接起，第一句就冲你怨恨地质问："你到底有没有个时间观念啊？我们刚才正在考试，我差点被你害死了！每次都是这样，你让我好过点会少块肉还是怎么的？"

你沉默了一会，然后心虚地冲我道了好几次歉。电话里你的声音听起来柔软无力，这让我觉得你很没有诚意。你说你晚上的火车，晚饭可不可以和我一起吃。我当然不愿意，以高三时间紧搪塞你，你理解地说那你好好学习，下次回来我给你带礼物。语气却是悻悻的，似乎有些不舍。而我恰好最讨厌的就是你这种假惺惺。

挂断电话我在想刚才是不是做得太绝了点，但是很快怨气就填充上来，觉得怎么对你都不过分，反正你也不会生气。没错，我讨厌你。程度是非常非常。

晚自习永远是安静的，因为生理期的缘故，小腹一直胀痛到无以复加，这严重影响了我的心情，加上数列这一节的问题实在太多，读个题干都读得我头昏脑胀，坚持了二十分钟后我终于放弃，一个人偷偷溜回了寝室。

桌子上放着你给我买的药，但我从来没吃过，我怕拉肚子，说真的，我实在不敢相信你买东西的水平。此时正是上课时间，寝室里静静的，昏黄的灯光在我头顶上方晃悠悠地绽放开来，多了些许鬼魅的气氛。我胆子从来都不大，只好躺进被窝里将头全部蒙了起来，双手捂住小腹，额头上竟有大颗大颗的汗滴下来。

为了转移注意力，我第一次拿起了你给我买的MP4来听，杂牌子的，质量一般，估计也就值几十块钱，你当初送给我的时候却满脸自豪的神色，好像送给我的不是MP4而是五百万的存折。你知道吗，我真的很不喜欢你总是那么容易就满足，没有一点追求和梦想，每个月拿一千二的工资也觉得是上天对你的恩赐，我真怕自己将来也变得和你一样。

打开手机时看到你的短信，说你已经上火车了，让我放心。发送时间是一个小时以前。出于无聊我回复了一句路上小心。很快你又回复过来说好的，你要努力学习哦，末尾加了一个亲吻的表情。我瘪了瘪嘴，将手机的盖子"啪"地合上了。

在舒缓的音乐声中我竟然睡着了，迷迷糊糊中听到寝室的人开门回来的声音。应该是放学了吧，我挣扎着坐了起来。她们看到我躺在床上似乎并不惊奇，没问我怎么提前回来，高三就是这样，水深火热，人人自危，尤其是在这所全市唯一的重点中学里。大家洗了手之后边看书边抓起桌子上的糖和水果吃了起来。那些都是你买的，说是我太小孩了，让她们平日里多照顾我一些。也许是次数多了就习惯了的缘故，她们现在连句谢谢都不会说了，似是理所当然。

你总是那样，对谁都是有求必应、笑脸相迎，大家都说你人好，而我却觉得你低声下气、很没有骨气。

周末回家，吃晚饭的时候妈妈突然兴起，滔滔不绝地谈起我们小时候的事情。她说你是早产儿，生下来的时候不会哭、不会闹，刚刚满月就得了肺炎高烧不止，一岁多了才会喊妈妈，两岁多了才会走路。那时候大家都以为你是养不大的，没想到磕磕绊绊竟也活了下来。而我就比你强多了，生下来哭声能掀了房顶，八个多月就能满屋子跑，特别皮，却很粘你，你去哪里我就跟着去哪里，不管有了什么都要和你分着吃，坐要坐在一起，晚上不挨着你就不睡。有一次去亲戚家，我跟妈妈留下来过夜，而你被爸爸背着回了家，晚上我一直吵着要找你，谁也哄不了，我声嘶力竭地一直哭了三个多小时，脚丫子都被自己蹬破皮、流了血。没办法，妈妈连夜背我赶回家，一挨着你，我就呼呼地睡了过去，让人哭笑不得。

　　我咬着筷子，安静地听着，这些过去了很久的事情，从妈妈的口中缓缓讲述出来，却让我的心脏变得柔软下来。是的，我们曾经，是那么那么的要好过。

　　从小我们就挤在一起睡觉，你总是伸出手臂来枕着我的脑袋，轻轻地拍着我的背直到我熟睡过去。我睡相不好，除了常常滴你一手的口水，半夜里还喜欢莫名其妙地踢你肚子，把铺盖踢到地上更是家常便饭，所以你每天晚上都要醒来好几次，从地上捞起被子，再小心翼翼地给我盖好。那时候我仍旧常常感冒，更别说向来身体就弱的你了。有一年冬天你感冒得厉害，最后引发了肺炎，去医院输了好几天液才恢复过来。那段时间妈妈坚决不让我再挨着你睡了，可是离开了你我真的睡不着，半夜里忍不住偷偷溜进你的被窝，你什么都不说，在朦胧的夜里对我笑得甜蜜，然后紧紧地握住我冰凉的手将温暖传递过来，这让我觉得安心，很快就能沉沉睡去。第二天我少不了被妈妈责骂，你还咳嗽着帮我说话。

　　那时候爸爸不顾家，妈妈一个人忙农活还要照顾我们两个。家里很穷，每学期的学费都要拖上很久很久才能交上。后来妈妈去了上海打工，工资微薄，勉强支付得起我们的学费。你懂事很早，学做饭、学梳头、学晒谷子收苞谷，样样都做得有板有眼，你做什么我都跟着你做。那时候不觉得辛苦，忙得不亦乐乎。我们每天一起上学放学，手牵着手，我是你的影子你的尾巴，跟着你我就天不怕地不怕。

　　你从小就很爱干净，总是把家里收拾得整整洁洁的，而且心灵手巧，我的书包是你缝的，笔袋是你织的，就连用的作业本也是你收集干净的废纸帮我装订的。那时候你是我的偶像，在我眼里你就是维纳斯的化身。

　　从来没有想过会有这么一天，我不再喜欢你、不再崇拜你，反倒鄙视你、看轻你，想要远离你。时间真的有着毁灭的力量，不动声色地改

你我之间半透明

变着一切，待到你察觉，一切早已物是人非。

想到这里我有些难过，跟妈妈说我吃饱了，然后一个人回到了房间里。夜还是那样漫长，胆小的我依旧会恐慌，可是在这样的时候，我已经很难再想起你温暖的臂膀曾给我圈起一个小小的天堂。

房间里摆放着你这次回来给我买的新书架，乳白色，上面有简单的花纹，一共五层，你把我的书、杂志、奖状、证书等等都摆放得整整齐齐。你很喜欢给我买礼物，手机、书架、衣服、鞋子、项链甚至扎头发的橡皮筋，什么都有。每次你回来都是大包小包的带上一堆，虽然我很喜欢收到礼物的感觉，可是每次看到你这样搬家似的来来回回，总觉得你过于土气，没有二十来岁女生的基本审美。

我也不知道我们是从什么时候开始变成这样的，无论你做什么，我都觉得看不过去。你喜欢深灰色的衣服，说是耐脏，喜欢穿平底的布鞋，说是走路方便，喜欢小脚的灯笼裤，说是时尚。也许是中了偶像剧的毒太深，我觉得你不再漂亮，穿着和审美都跟小时候一样，可是时代在变，你却明显没有跟上。我不知道你在大城市打工这么多年，为什么一点进步都没有，这让我一度怀疑到你的智商。

你对谁都掏心挖肺，小时候的勤快倒是发扬得很好，谁都能使唤上你，你乐于助人、你古道热肠、你心胸宽广，别人私底下说你没脑子你也照帮不误。你不谈恋爱，别人安排你去相亲偶尔也去，你要求不多，只要对方老实善良，那是屁话。你真的很容易满足，每天都开开心心的，有时候我觉得你就像个傻子一样。真的，我在你身上完全看不到一个年轻姑娘的热情和时尚，我猜想你到了四十岁到了六十岁仍旧也是这样。有一次我问你觉不觉得一个人二十多岁和四十多岁活得一样很没有人生乐趣，你却告诉我没有啊，那很好嘛，人生不就是那样的，简简单单的就过去了。

我真的觉得你不是个年轻姑娘，而是个中年妇女。而十七岁的我，讨厌中年妇女的无趣和碎碎叨叨。

你也同样不理解我。有一次来学校看我，正巧看到我跟一个男生亲密地说说笑笑，后来你无比紧张地问我是不是早恋了？可千万别早恋啊，早恋不好啊，影响学习啊。你说不出高深的话来，只会啊啊啊地加深语气，我看到你的眉眼紧张地皱在一起，好像一块干枯的橘子皮，那时候我突然觉得，你竟跟奶奶颇为神似。后来想想也不怪你，你初二没念完就跟着妈妈出去打工了，很多思维都桎梏在保守老旧的农村里，而我却不是，我那会儿得意地想，我终于还是跑到你前面去了。

点点滴滴，在我们之间慢慢挖掘出沟壑，我们再也不能恢复到小时候般亲密。

相框里放着我们俩很久以前的合照，那时候我们的家还没有变得像现在这样好，在一簇开放得热烈的玫瑰花前，我们拥抱着笑得纯净、美好。我突然就很怀念。

妈妈说你上班其实很辛苦，没有什么文化，做的都是苦力活，让我常常给你打电话聊聊天。她说你一直都很疼我，还想着等我考上大学的时候就攒够钱给我买一台笔记本电脑。其实这些，我都知道，都知道。

寒假的时候我参加了一个作文比赛并且过了初试，复赛是在上海的一个学校举行。能在这个比赛拿奖是很多人的梦想，我也不例外，于是请了假兴高采烈地前往。我们这个小县城进复赛的只有我一个，那段时间妈妈刚做完一个手术，爸爸要照看家里，于是只能我一个人前往，我正乐得于此。可是妈妈不放心，你也不放心，说要请假回来接我。我才不要，好不容易有了一个独自出行的计划，我是绝对不会轻易让你破坏掉的。我说我已经长大了不再是个小孩子了，而且我很聪明哪像你那么笨，我自己找得到路，请你不要怀疑我的智商，还说了很多其他的话，言语之间颇有讽刺的意味，最后你才作罢了改成在车站等我。放下电话妈妈目光复杂地望着我，欲言又止。我也自知刚才说话过分，找了个理由溜回了屋里。

毕竟是第一次出远门，第一次坐火车，一路上我都抑制不住兴奋地想要大声歌唱。我还带了相机，是跟同学借的，想将上海的美景都收纳进来，那样才不枉此行。两天一晚的车程折腾得很多人生不如死，对我来说却意犹未尽，自由放纵的感觉真是美好，尤其是在高三这样的时段，更显得弥足珍贵。出了车站我忽然改变了计划，一个人悄悄去了报名点报道，并且关掉了手机。我想，这样的时光，请容许我彻底地放纵一次吧。

我住进了组委会指定的招待所里，和一帮来自天南地北的男孩女孩们混在了一起。他们都很有才气，有些在全国也有了不小的名气，他们和我在学校遇见的人都不相同，他们有思想、有追求、有渴望，同我一样渴望自由不愿被拘束。大家有着太多的共同之处，在一起的时候也不觉得生疏，很快就勾肩搭背嘻嘻哈哈起来。

我没想到你还会找过来。

那天是二月六号，正式比赛的前一天。天气忽然变坏，前几天还晴空万里，眨眼间就下起了倾盆大雨。我和同伴们吃完午饭一路尖叫着跑回来，在招待所下面看到了已经被淋成落汤鸡的你。你也看到了我，那一刻你的眼睛格外明亮，一脸兴奋，似乎天大的石头终于落了下来。你扑过来抱住我，激动的眼泪和雨水汇合在一起溜进我的脖子里。我很尴尬很害怕，看到你憔悴的样子也很心疼。

你说那天在车站从早上等到晚上都没有看到我，打电话我又关机，以为我在路上出了事把你吓坏了，于是你蹲在地上哭，引起了很多人的围观，后来车站的工作人员帮助你在大广播里找我，还是不见我人影。妈妈打电话来的时候怕他们担心，你撒谎说已经接到我了，一点事都没有。那天晚上你一夜没睡，我的电话还是一直打不通，你就一直哭一直哭，想着第二天再联系不到我就去报警了。和你一起上班的人跟你说来比赛的地方看看我是不是已经到了，于是一路打听着过来，没想到真的看到我了。

你说，当时我真的一点办法都没有了，想着你肯定是被人拐跑去卖啦，可吓死我了，我觉得自己呼吸都快停止了，哎哟老天，幸好你平安无事，真的是太好了，都怪我那天没站在出口更近的地方等你，你这两天也吃了不少苦吧？真是对不起啊……

她就这样一直喋喋不休地说话，表情生动，眼神也特别到位，好像回到了小时候一样。我们一起进到旅馆里，同房间的女生奇怪地看了看你又看了看我，然后出去跟大家玩去了。我给你找毛巾擦头发，找干净的衣服给你换，你一边忙活一边继续不停地说着。你竟然没有一点怪我，那一刻我真的好感动。我看着你一会哭一会笑的，心里很难受，却一句话也说不出来。

第二天比赛你又请了假陪我去考场，你显然比我还要紧张，一路上你都拉着我的手说没事的没事的，你好好写就是了。你嘴里这么说，手心却在冒汗。我觉得你的样子好滑稽，安慰你说能进复赛我就很满足了，没想过要拿什么大奖的，你不用太在意，我本来就没事的啦。你说那就好，心态要放宽嘛。说是这么说，隔了一会儿快走进学校大门了你又不停地跟我说没事的没事的。我有些无奈地看着你，你也觉察过来，于是冲我嘿嘿地干笑了几声。

比赛时间三个小时，我发挥得并不好，写了太多想了太多，出来的时候有些头昏脑胀。你看到我出来赶紧小跑过来接我，然后递给我一瓶营养快线，我正口渴得要死，猛得喝了好大一口，差点被呛到，你帮我拍着背跟我说慢点喝呀。我以为你会问我写得怎么样的，你却没问，只是拉着我的手去路边等车，说晚上带我去吃好吃的。我任由你拉着走，走着走着就好像回到了童年的时光，那感觉真美好。

后来颁奖完毕，我和你一起回招待所收拾东西去你那里，然后准备第二天坐火车回家。同房的女生也在收拾东西，她是一个很有才华的人，这次比赛拿了一等奖，据说已经是第二次了。她送给我一只挂在手机上的小链子然后同我道别，临行前她看着帮我忙着收拾东西的你说，我真羡慕你啊，有这么一个关心你的人。我对她微笑，然后挥手告别。来自天南地北的男孩女孩们，大家依依不舍地相继离去，互相说着下一次再见，可是不知道还有没有下一次。

这天晚上我去了你那里住。第一次去到你的宿舍，很狭窄、很简单的小单间，你和另外几个女孩子住在一起，你对她们说这就是我妹妹哦，她这次来上海参加比赛的，拿了大奖哦，很厉害吧。一个短发女孩嬉笑着打断她知道啦知道啦，你妹妹成绩很好、人很漂亮、还会写文章，你说过很多很多次啦。大家都跟着笑了起来。环境虽然很简陋，气氛却很好，你有些得意又有些不好意思，我看到你别扭的样子也跟着笑了起来，发自肺腑的。

你和那几个女孩都在附近的一家川菜馆当服务员，包吃包住，每个月有一千多块钱，你除了基本的生活品之外基本一分钱都不花地存了起来。那几个女孩也是，来自偏远的小镇或者农村，除了踏实肯干之外什么都没有，你们在一起努力工作，努力挣钱，这是你们唯一的乐趣。我想我终于明白了你这几年在大城市里却没有沾染上大城市的浮华的原因，对于你而言，我忽然觉得这并不是坏事。后来你给我看你的存折，鼓励我说那些钱都存着等我夏天考上大学了就给我买电脑和交学费。

你说："你脑子比我聪明，上学也比我强，一定要考个好大学，到时我就能跟我的姐妹们炫耀啦。"你想要的也就这么多，如此而已。

晚上我们终于又挨在一起睡觉，你仍旧伸出手臂来枕着我，有些歉意地跟我说这地方实在太窄了，我说没关系，挺好的，然后又凑近身子紧紧贴着你。你还是和以前一样浑身上下都暖乎乎的，而我属于体寒型的，有时一整晚下来脚都是冰凉冰凉的。你说你给我买了手套和围巾，明天回去记得一起带走，我说嗯，你以后也不要老想着给我买东西，你自己也该给自己买点衣服什么的打扮打扮嘛，毕竟你都二十一岁啦，你一直这样哪个小伙子和你谈恋爱啊。你这次没有啊啊啊地提醒我不要提谈恋爱这个事，而是笑嘻嘻地说我不谈恋爱的啦不谈恋爱的啦，似乎很不好意思。我也伸出手去环抱住你的腰，轻轻地拍着你说姐姐，睡吧。慢慢的你不再答话，呼呼地睡了过去，我替你盖好了被子，看着你恬静熟睡的脸，忽然觉得你可爱至极。

第二天你送我回去，一路上你都拉着我的手，话不多，有时看看我，楚楚可怜的眼神让我快要落下泪来。我知道你是舍不得我，我也是。你执意把我送进火车，娇小的身子提着大大的箱子很是吃力，我有几次都说让我来吧你却不肯，你说你力气可大着哩，等你今年考上大学了我还送你去学校呢。我只得作罢。

上了车你又掏出些水果之类的给我座位附近的人，拜托他们路上照顾我点，你一脸赔着笑，真诚到几近哀求的地步，我有些无奈，不过知道劝不住你，也就任你去了。

火车要开了，你才不得不下去，我看着你费力地穿过长长的车厢走下去，突然就心酸得湿了眼眶。没过一会儿你竟然又出现在车窗外面看着我，泪水在眸子里闪动，你瘪着嘴似乎快要哭出来的样子，我隔着窗子对你扮鬼脸，你就又破涕为笑了。

火车开走了，你竟然学着言情剧里的剧情跟火车跑了起来，我想笑话你如此煽情，却发现笑不出来，嘴一瘪竟成了哭的模样。你怎么跑得过火车呢，于是你挥着手的样子渐渐缩小在我的视线里，然后变成了一个点，最后彻底消失不见。

车窗外的风景急速变换着，我忽然觉得这不是一辆开往家的列车，而是一列回到过去的列车。所有的时光精简之后，我和你突然变成了很久以前的样子，一起手拉着手笑得心无芥蒂，你依旧还是我的偶像，在我眼里你依旧还是维纳斯的化身。

这一切多么美好。

你竟然没有一点怪我，那一刻我真的好感动。

你好，我是辜妤洁。

从出版第一本书到现在已经七年了。因为得到很多人的鼓励和帮助才能写到现在，真的非常感谢大家的陪伴。

这本书是我的第二本短篇小说集，有一部分作品是在日本留学期间完成的。在学习不同的知识文化、看不同的风景、与不同的人相遇的过程中，对爱、成长、理想也有了新的感悟。人与人之间，捉摸不透的情绪、似近而远的感情，有快乐也有悲伤，有期望也曾失望，而在那些细枝末节间，一点一滴成为现在的自己。

有些人出现的意义，是为了让你的生命更完整，也有些人出现的意义，就是为了证明生活不会总惯着你。你我之间半透明的哀伤与美好，我相信都是生命善意的馈赠，都是我所拥有和拥有过的证据。

把书名定为《你我之间半透明》也正是出于这样的想法。

挑其中几篇来讲下背后的小花絮。

《赏味期限》是我最新的小说，夏天去上海参加两岸文学营时带去的作品，是目前在写的主题短篇系列中的一篇。

《茫茫》是虹系列长篇《若你转身牵我的手》的番外短篇之一，俞樟和池筱的故事分为两篇。《茫茫》是上篇，主要写了高中时期的内容，下篇会写大学时期的内容。

《就像拥抱一只小狗》《我已离开太远》这两篇在杂志发表后，收到很多读者的私信，但在考虑要不要收录到这本文集里时我想了很久，也不是有什么特别的原因，只是有很多后续情节，我想是不是把它们写完整更好。嗯，可能会继续写的哦。

《碎梦》是写给回忆里珍视的人。也许我们和某个异性之间，友情多过爱情，不同于成年人之间的暧昧角逐，只是纯真的喜欢和向往，是我们很珍惜的人。在青春期里如果有一个这样的人出现过，并不比甜蜜而短暂的早恋逊色。

《简以时光》是亲情故事，但实际上我没有姐姐。我有个哥哥，平时我给他留言类似于"哥哥我跟你说 balabala（一万字）。"我哥："嗯。"但我生日的时候，我哥是给我的零用钱最多的人。

在东京生活到第四年，酸甜苦辣咸都有体会。

如何与生活相处的领悟从更努力、更勇敢、更从容、更温柔、一次次进阶，落到更热爱时，似乎得到了量变到质变的阶段性小胜利。

目前给自己定的生活态度是以成人之心做事，以赤子之心爱人。

不管生活抛来什么，先当成礼物接住它，不是礼物没关系，我接得住。

有时候回头再看，那些人生里满足的、遗憾的、酸涩的、甜蜜的、不能继续也不会忘的、无数瞬间和无数遇见，有很多留在了字里行间，被岁月戳印，交给未来检验。

当我怀疑自我、怀疑生活的时候，当我重拾勇气、继续向前的时候，当我想要更努力、成为更好的人的时候，写作好像一个箭头，引导我探索宝藏的方向。

能写作真是太好了。

在念硕士课程期间，虽然专业知识和写作距离很远，但在学到新知识的同时，对正在做的、以及将来想要做的事情也有了更多的思考。

常常被问为什么写作，我大多时候回答"因为想写所以在写"。轻描淡写，不过多叙述。其实随着自己的成长和读者增多后，依旧想要怀着初心一直写下去的同时，也有了更多的责任感。

希望在时间和生活的历练中，努力成为更有担当也更有意义的大人。

希望变得对你更有用一点点。

希望我能成为我自己。

以上，我们下本书见。

辜妤洁

2018 年 3 月 8 日于东京

图书在版编目（CIP）数据

你我之间半透明 / 辜妤洁著. —— 武汉 : 长江出版社,
2017.12
ISBN 978-7-5492-5619-8

Ⅰ. ①你… Ⅱ. ①辜… Ⅲ. ①短篇小说 – 小说集– 中国 – 当代
Ⅳ. ①I247.7

中国版本图书馆CIP数据核字(2018)第003625号

你我之间半透明 / 辜妤洁 著

出　版	长江出版社	
	（武汉市解放大道1863号　邮政编码：430010）	
出　品	漫工厂	
	（湖北省武汉市洪山区南湖城投瀚城311　邮政编码：430079）	
出版人	赵　冕	
选题策划	漫工厂产品部	
市场发行	长江出版社发行部	
网　址	http://www.cjpress.com.cn	
责任编辑	张艳艳 江　南	
特约编辑	耿　婷	
装帧设计	八荒客	
印　刷	深圳市福圣印刷有限公司	
版　次	2017年12月第1版	
印　次	2018年4月第1次印刷	
开　本	889mm×1230mm　1/32	
印　张	8	
字　数	190千字	
书　号	ISBN 978-7-5492-5619-8	
定　价	32.80元	